我人生的好運都因寫作而發生

大是文化

郭繐綺——著
曾任高師大兼任助理教授
全國冠軍寫作教練、
高雄市教育局語文競賽評審

讓自己好運漲停板的划算投資。
國考、學測、會考、求職、晉升都需要，
全國冠軍教練的高質量寫作祕笈。

國文 15 級滿分，不是偶然的幸運，而是老師有系統的教學使然。這本書不僅是作文指引，更是我的人生路引。
——張祐銘／中國醫藥大學醫學系學生

這本書一舉打破作文枯燥乏味的印象，不僅挖掘出每個人的生命故事，還能應用在考場或職場上。
——柯品瑜／中國醫藥大學藥學系學生

總綺老師曾說:「『掰』就對了！」——掰開生活瑣事的五味雜陳，我拿下全國語文競賽教師組特優。
——謝瓊儀／高雄市文府國小教師

國文一直是我的弱科，但上完郭老師的課，我在大考中取得滿級分。
——馮靖棻／中山醫學大學醫學系學生

勇於用文字表達自己的想法，就是一篇好文章，而且用郭老師的方法，人人都能做到。
——王晨瑜／高雄醫學大學醫學影像暨放射科學系學生

滿級分與全國特優

寫作是一輩子的能力——用本書方法，我學會了架構、故事和舉例。
——劉瑄／陽明交通大學醫學系學生

學會郭老師的寫作技巧，我國文 1
級分、國寫 A，聯合盃高雄市第三名
——唐瑀希／國防醫學院醫學系學生

在老師的引導下，我在文章架構與引用技巧上收穫很大，同時也提升了文章邏輯性與深度。
——林宇婕／臺灣大學醫學系學生

作文是用文字表達情感的最強武器！書中除了有全國冠軍寫作的祕訣，還有實用心法。
——洪欣妤／長庚大學醫學系學生

我是一位國文老師，運用這本書的方法，第一次參加全國語文競賽，就榮獲教師組作文特優。
——楊雅婷／高雄市立中正高中教師

目錄

第二章 閱卷老師給高分的標準

第三章 寫作冠軍都在用的黃金架構

第六章 職場寫作，人生加速推進器 279

各界推薦

（依姓名筆畫排序）

很多人說：「生活要多采多姿，才能寫出好文章。」這個邏輯或許沒錯，但我想再補充一句：生活如果不夠多采多姿，只要內心有很多觸動與感想，也能寫出好文章。

我要說的是，生而為人，會想要抒發情感、傳遞意見、交流創意，這些都值得書寫，也需要記錄。只要單純寫下來，就能對自己的人生負責。

「光陰地圖」是我的寫作計畫，光陰是時間、地圖是空間，每天都要記錄自己的人生。我執行這個計畫已超過十五年。真的，我的好運，也因寫作而不斷發生。

——NU PASTA 總經理、職場作家／吳家德

「為什麼要學寫作？寫作有什麼好處？」學生常困惑於此，不情不願的寫出

自己不想看、也不滿意的文章。總綺擅長從立意、取材、架構、遣詞用字等不同面向，輔導學生寫出個人見解，成果出眾。

寫作是認識自我、表達立場、發揮影響力最簡便的工具，在在印證「我人生的好運，都因寫作而發生」。

——講師、作家／余懷瑾

如果你覺得自己作文寫得很爛，看什麼書都沒用，那是因為你還沒遇見總綺老師。她的威力，不只在於用精準文字傳遞內心的感性、將寫作拆解出一套有邏輯的理論，更有著拯救無數作文的實戰經驗。

光是書裡提到的五種寫景手法，短短幾頁就能讓苦無靈感的讀者，懂得試著轉變自己的視角，從此寫作也不再乏善可陳，讓文章充滿有如電影畫面般的氛圍與節奏感。

——閱讀塗鴉實驗室／陳沛孺

這本寫作書完全是直球對決！不同於坊間多數作文參考書，談了許多理念與想法，但就是不教你「怎麼寫」出一篇好作文。總綺老師曾獲得許多寫作獎項，也指導國小組至社會組，幫助上百位學生獲獎，具有豐富的實戰經驗。

在這本書裡，她會手把手教你寫作方法，進而擴及各類語文表達，具體而扎實，絕對可助你一臂之力。

——高雄女中國文科教師、詩人／陳雋弘

也許你聽到寫作文，就會想到考試，又或是：「我到底該掰什麼？」但如果可以拆解一下這三個字，你會發現這就是溝通表達的極致。

「寫」，是將內心的想法和情感具體化，透過筆尖傳遞出來。

「作」，是架構邏輯，把思考整理或拆解成有理的脈絡。

「文」，除了用文字賦予意義，也能讓溝通帶著更多美麗。

無論你是在學習、工作或生活，總綺老師都能用寫作文的底層邏輯，教你表達情感、思考脈絡、創造影響力。

——溝通表達培訓師／張忘形

如果有學生請我幫忙，我會反問他，除了師生一場，我們曾有過什麼交集嗎？因為不夠善良的我，在「需要」與「值得」之間，我選擇值得的人。

作者總綺是我的學生，她來信跟我分享，我們一起經歷過的美好故事，於是她成了值得的人，讓我想幫她十個、百個、千個忙。

這本書裡說的都是真的，作者人生的好運，都因寫作而發生。她想教你的，不只是寫作技巧，而是告訴這個世界：我是一個值得的人。

值得的人最容易贏得好運。

——華語首席故事教練／許榮哲

作文考高分，對學生來說，多了擇校的籌碼。

很多人以為作文批閱成績全憑考官情緒，非也。

很多人以為作文無非堆砌辭藻為文造情，非也。

很多人以為作文要極盡可能的引用名言，非也。

正因為很多人認知錯誤，所以本書讀者你，將大有可為。

在自己的作文戰場上，郭老師有輸過、沒怕過。

將每一次的傷痕都結成智慧的痂，因此她能自信昂揚的繼續揮軍，屢傳捷報。及早將郭老師的智慧跟經驗內化，放榜日你會笑得最大聲。但請記得，高興一天就好，人生是一場跟自己賽跑的馬拉松！

——《要有一個人》作者、醫師／楊斯棓

我很認同作者所說：「無論是人才培訓、簡報、口語表達，或是應徵工作、建立個人品牌，其底層邏輯大都與作文原理相近。」而這樣的底層邏輯，正是成為社會菁英所必備的基本能力。

我個人演講超過一千兩百場，深知演講是一種綜合性的溝通表達形式，然而有關架構的擬定與情節的鋪陳，都與寫作能力息息相關。我認為此書所教導的觀念和技巧，無論是學生或職場工作者，都將受益無窮。

——《內在原力》系列作者、TMBA共同創辦人／愛瑞克

看一個人會不會教作文，很簡單，就看他有沒有辦法把寫作「系統化」。寫作之所以難，在於把網狀的思想，透過樹狀的結構，用線性的文字展開。而總綺老師

就是我心中的那位高手。

書名很勵志，但我仔細讀完後，心裡有個念頭：「如果我是考生，最不希望這本書落入對手手上！」因為每一章都是寫作的獨門祕招，從勾「癮」人心、黃金架構到靈感取材，只要學到一招半式，就足以笑傲江湖。你人生的好運，來自寫作的實力。想扭轉命運，就趁現在！

——《Life 不下課》節目主持人／歐陽立中

沒想到寫作書，跟追劇一樣好看！將俗世寫作題材，鋪陳得幽默風趣，讀者可各取所需，找到自己遊刃有餘的方法。

——高師大國文學系資深教授／蘇珊玉

作者總綺是一位在臺灣備受推崇的國文老師，也是我在企業講師圈的學妹。她擁有非凡的寫作技巧，教學充滿熱情且課程內容生動有趣，只要經過她的指導，作文成績都會有突破性的成長，甚至可說是寫作比賽得獎的保證。

本書聚焦於寫作技巧，充滿實用價值。作者運用自身豐富的教學經驗和文學造詣，提供讀者實質的寫作指導。

除了基礎寫作，例如構思、組織結構和語言運用，同時也收錄豐富的實例和練習題，協助讀者更好的理解和應用。這些內容不僅適用於作文，對於專業寫作和日常溝通，同樣有幫助。

透過這本《我人生的好運，都因寫作而發生》，你將獲得大量寶貴的技巧和指導，進而提升自己的寫作能力。我深信，對於渴望在寫作領域取得突破的讀者，本書絕對不容錯過。

——新貴語文顧問股份有限公司（CLN）創辦人暨董事長／Clarence M. Davis

推薦序

寫作文就像調飲料，重要的是原茶，不是奶蓋

入選一一三年國中教育會考寫作滿級分樣卷作者／簡定淵

作文，對你而言是什麼？

在國小開學第一大老師給的「每日一篇」作業中，我下筆思考時有些不耐煩，字數僅限二十字的要求，不禁讓我思索，這真的是「文章」嗎？於是，當別人在聯絡簿旁的格子寫幾句話交差，我卻每日訂題寫到五百字以上，並持續到六年級。之後，字數加長到破千、甚至寫過短篇小說。

而後陰錯陽差，我被班上推舉參加校內作文競賽，初生之犢不畏虎的踏上高雄市賽，竟有幸得到第六名，隔年捲土重來又得到第一名，並獲選為全國賽代表——我與郭老師的緣分亦在此萌芽。

我們初見時，沒有任何壓迫感，老師就像朋友一樣，用放低姿態的教學方式，抹去位階的隔閡、找尋我的亮點並予以鼓勵。這才讓我能意氣風發的在應考時間九十分鐘內，找到真正喜愛作文的自我。

她的教導跳脫了死板的模式，讓我在驚訝之餘，更學會如何在文章中下巧勁、又不失品質水準。也因此，當比賽前夕，選手們都在走廊讀名作、修辭技巧、起承轉合等，我反而更清楚自己想要什麼。也許密密麻麻的文字會讓人退卻，但只要依循老師的方法，就能找到適當的寫作方向。

在制式化的補教界，經常會要我們死記架構、套公式，或是拿出厚書死讀其中古人的事蹟、甚至是抄寫名言佳句。但郭老師卻懂得學生的內心想法，她對我說的話至今仍言猶在耳：「**寫作文就像調飲料，重要的是下面的原茶，不是上面做作、濃郁過頭的奶蓋。**」

在校指導老師給我許多書籍，要我參考優勝文章時，也是郭老師點醒我：「多看，說好聽點是參考，但也可能會限制你的思考，自己的想法最珍貴。」我就在老師的培養下，慢慢學會自己思考，並將一路以來的經驗融會貫通。在我眼裡，那些所學不只是套用公式，更像是一種素材，讓我拼湊內化成自己的東西。

在老師的引導下，我學會不一樣的思考方式，尤其在思想失序、遇到瓶頸時，能拾獲更多自信；也不會刻意寫出生難字詞，來突顯文章或迎合閱卷者，而是更著重用文字表達自己的想法。

還有，架構的安排，是為了讓文字依附、讓文章令人驚豔；關鍵詞的亮點，是能讓人留下深刻印象回味；策略不是因為不夠好，是為了用更適切的方式，吸引旁人的眼球並獲得成功。

除此之外，老師的教材更是新穎，總能引導我們找出獨特的正向題材，例如用奧斯卡最佳動畫短片《親愛的籃球》（*Dear Basketball*）寫人物、引用《體膚小事》敘寫一般人避諱的題材（按：作者為黃信恩醫師，透過三十二個器官，隱喻人生道理）、甚至是用象徵物杏仁瓦片引導架構等。我發現，在玩轉中體會到的不僅是樂趣，不知不覺間，我已不再懼怕挑戰任何作文題目。而且，在拿到題目後，我還能想出特殊題材，讓自己的文章成為被關注的焦點。

當我們細讀名言佳句、八股範文解析，卻更迷失方向時，不妨跟著這本書的方法，訓練自己獨立思考，因為你不需要成為誰，這也是我從郭老師身上學到的最大收穫。對於作文，我不再是孤軍奮戰，現今已能理性分析不同題目，並將合適的素材列出拼接，譜寫成今日的成就。

《我人生的好運，都因寫作而發生》是集郭老師教學的精華，更是在稿紙中找到自我對話的方針；不僅以入門簡易、抹去坊間位階式教導的方式，建立獨樹一幟的寫作風格，還能驅散懼怕，讓自己在作文裡深耕並尋獲自信。

對我而言，讀完本書之後，作文是世界溝通的語言，經過長時間的練習加上明燈的指引，再難的題目也是展現自我的跳板、享受創作的歷程。

（本文作者簡定淵，入選一一三年國中教育會考寫作滿級分樣卷，作品全文請掃描第三一五頁的 QR Code。）

前言
人生贏家的必備利器

很多學生問我：「作文很重要嗎？」作文列為考試項目一直備受爭議，不僅有人認為評分標準太主觀，題型多變也讓很多人都想放棄作文。

由於我自己很喜歡寫作，所以很難說服學生不要放棄，直到我自博士班畢業，開始進修成人教育課程，才找到了答案。

無論是人才培訓、簡報、口語表達，或是應徵工作、建立個人品牌，其底層邏輯大都與作文原理相近。而且，有趣的是，願意花錢上課的，很多都是醫生、教授、公司主管或負責人。

這時，我才赫然發現，原來作文能力很值錢，是成為社會菁英的必備能力、是加速你人生成功的推進器。

因為**它的核心：邏輯思考＋溝通表達＝影響力，正是人生贏家的必備利器**。

基礎的寫作能力應用，包括國中教育會考寫作測驗、高中學測國語文寫作能力測驗（以下簡稱學測國寫）、國家公務人員考試（高考、普考、地方特考），進階應用則是進入職場後，從企劃、在公開場合發言，到打造個人品牌，都需要用寫作表達。

然而，就我教學多年以來的觀察，最常見的作文痛點有以下四種：

- 對寫作不感興趣、不愛閱讀，更不想背名言錦句。
- 不想表達個人想法，看到題目腦袋一片空白。
- 喜愛閱讀，但每次考作文，由於思緒混亂，成績不理想。
- 在職場上，因不擅長寫作而錯失升遷機會，甚至失去自信。

如果你也有這樣的煩惱，這本書正是你人生晉級的快速通關票。書中的方法都是我實戰多場比賽與教學多年後，歸納出的核心要點，只要你願意練習，就能打開高分寫作的任意門。

首先，我們看一下近年各類型考試的作文占比。如左頁圖表0-1，雖然自一〇七

圖表0-1 作文考試各占比及追分重點

考試類別	考試時間	作文分數
國中教育會考 寫作測驗	50分鐘 （獨立一節考試）	●成績由低至高，共分為1到6級分。 ●寫作能力的核心關鍵：立意取材、結構組織、遣詞造句及字體版面。
高中學測國語文寫作能力測驗	90分鐘 （獨立一節考試）	●共兩大題，每題25分，占學測國文成績50%。 ●第一大題為統整分析題，第二大題為情意抒發題。
高考三級／地方特考	120分鐘 （含選擇題）	●國文滿分100分，含作文80％、選擇題20％。 ●採多元化寫作，取材要貼近實務，如新聞稿、摘要評論、宣導文案、申請案件擬答等試題。
國營事業考試 （含國營轉民營化考試）	彈性 （獨立測驗或含選擇題）	作文占國文總成績皆超過一半以上（臺鐵作文占100%）。

年起，大學指考（按：現已改為分科測驗）已廢除作文，但不管是國中會考、高中學測、高普考或國家考試，作文仍占一定的比重。

更重要的是，在教育改革之下，**你不必再死背一堆成語、名言錦句，還有文學經典**，因為除了語文競賽以外，官方考試更看重學生的思辨與感受能力。

而本書正是針對想打好寫作基礎、快速提升作文成績，以及想在語文競賽中脫穎而出的人，教你如何快速拿高分。

本書架構共分成六章：

第一章：只要調整順序、用主題句、序數詞、標點符號，立刻加分。

第二章：用閱卷者視角，告訴你開頭、段落、結尾，怎麼掌握高分關鍵。

第三章：用分論法、先反後正法、三段式結構法，搞定官方作文考試。

第四章：用SPEAK法則引發共鳴、臺灣關鍵詞表造場景、喜怒哀懼表放大感受。

第五章：用興趣九段式、故事靈感九宮格、有感好詞金三角，整理寫作資料庫。

第六章：金鐘獎主持人、金曲獎作詞人都在用的寫作思考法。

大家可依個人狀況，挑選合適的章節來閱讀，請參考下方圖表0-2。

A、**作文高手**：擅長寫作的你，可先選擇目錄有興趣的章節閱讀，例如第一章、第二章、第六章。

B、**作文謎之手**：這類型的人雖然不愛寫作，但作文成績通常還不錯。建議可再加強第一章、第二章，或是至附錄下載延伸書單。

C、**作文燙手**：除了前三章，建議加強練習第五章的技巧，最後再用第四章的方法，幫自己的寫作資料庫加上更多細節。本書就是為你而生，只要熟讀並練習，至少多三分到五分。

圖表0-2　作文類型分析

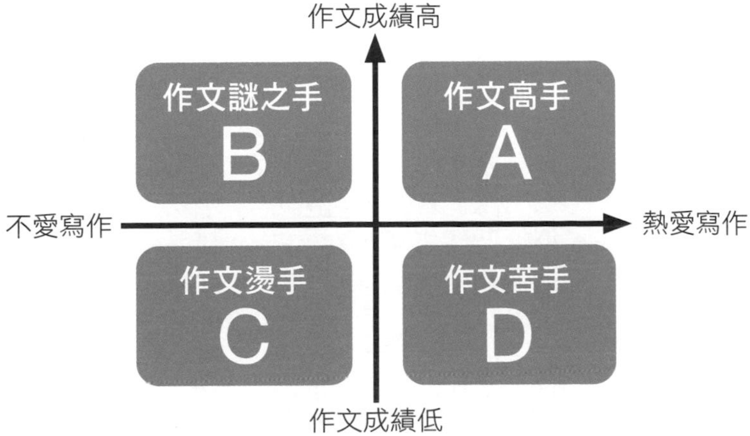

D、作文苦手：閱讀前三章，即可快速突破盲點，並且讓努力有所成果。

本書另一特色，在於書中所舉範文，都是我的學生實踐此書作文理論後，所寫出的佳作，而他們也大都得過作文競賽的獎項。

無論你現在是作文哪一手，我將多年寫作與教學關鍵要點，毫無保留的寫在這本書中，希望能幫助你快速通關得高分，成為戰勝考場的作文好手。

此外，**這本書並不僅限於作文考試，也適用一般職場的應用型寫作、自我介紹或公開場合發言**，其共通邏輯與方法，都可在第二章、第三章中學到，包括百萬網紅金鐘獎開場影片腳本、暢銷金曲作詞人的創作等。

最後，如果現在的你覺得自己很衰、超魯蛇，那恭喜你，寫作世界裡，你就是得天獨厚的幸運兒；如果你覺得自己很幸運，那也恭喜你，寫作會放大並延長你的幸運。

把手伸出來，你準備好接住幸運之鑰了嗎？

序　章

我人生的好運，都因寫作而發生

1 作文，最小單位的表達練習

很多人痛恨作文，吐槽什麼時代還在寫八股文，甚至有學生一想到寫文章就肚子痛；也曾聽過才華洋溢的作家朋友，說自己最討厭教作文，認為文字要靠天賦。更不用說，在學校、職場各場合，有多少人因為不會寫作，而錯失多少大好機會。

但對我來說，**作文教學就像一項「開心工程」——打開學生的心，引導他記錄自己真實的人生故事**。

在這裡，先跟大家自我介紹一下。我是寫作教練郭縂綺，擔任語文競賽評審與培訓教練多年，曾任職國立高雄師範大學國文學系兼任助理教授，同時也在補習班執教，專門輔導創意作文與競賽、升學考試作文，以及指導學習歷程、面試等線上、線下課程。

在升學型與創意型的寫作教學中，我摸索出一套系統化教學，並且融合自己的實戰經驗與教學理念，**至今已幫助破百位學子，拿下人生第一張作文或國語演說獎狀**，包括：全國語文競賽特優、高雄市語文競賽第一名、聯合盃全國作文比賽優選、全國中學生閱讀心得寫作比賽特優，以及參加各校語文競賽，首次參賽就獲得作文或國語演說第一名。

此外，更有多位學生**學測國文科頂標或滿級分，考上醫、牙、藥學系與國立頂尖大學熱門科系**。近期，我亦針對職場寫作與口語表達，提供相關培訓課程。

坦白說，我並非天生寫手，也沒有超級勤勞，但我對作文與教學，卻有用不完的熱情，這皆源於生命中許多幸運都發生在寫作的軸線上。

接下來，我想跟大家聊聊，我如何踏上作文之路。

沒補過作文，靠實戰拆解高分寫作法

我人生第一次參加校際作文比賽，竟然是因為班上推派的競賽選手當天肚子痛，所以我臨時上陣。結果，這是國小第一次、也是唯一參加過的作文比賽，很幸運的拿下全校第一名。

不幸的是，我學測考國文時，因時間掌握不佳，最後一題長篇作文來不及寫完，國文成績慘不忍睹——只有十一級分（滿分是十五級），最拿手科目竟慘遭滑鐵盧。好笑的是，自然科被我猜到十四級分，一度懷疑自己是被文組耽誤的理科生。但這經驗成為我後來理解許多學子，在自己拿手科目失常的感受，更能引導他們重拾自信，寫出好文章。

幸運的是，在大考作文砸鍋後，我並未因此放棄寫作，而後一路拿下高雄市語文競賽作文組連續三次第一名，榮獲全國語文競賽作文組第三名、第六名、與第一名的成績。

碩士班畢業考上博士班那年，曾報名高普考文化行政，一共報考四次。第一次作文成績三十九分，修正策略、字數破千後，得到兩次四十一分、一次四十二分（當時作文滿分六十分）。也就是說，我的寫作技巧並非純理論，而是**參加過無數次比賽，從實戰中滾動式修正而來**的。

在多次親身實戰與後來擔任評審的過程中，我不僅更加了解官方作文考試背後的底層邏輯，也擬出**最佳作文策略：把力氣花在閱卷者的給分關鍵**。而**架構，就是**

穩定拿高分的關鍵之鑰。

以一應萬，把一招練成絕招

在我受邀擔任高雄市政府教育局語文競賽培訓教練時，為了製作教材，我曾拆解歷屆全國第一名作文，與自己當年拿下語文競賽冠軍的文章。結果，發現**冠軍最常用的黃金架構公式，就是「合分合法＋主題句＋關鍵詞」**，我稱之為「**以一應萬架構法**」（請見第一二二頁、第六十頁、第四十四頁）。

我常對學員說：「如果你只有時間練一招，那就練好這一招！如果你只想應付考試得高分，那就只練這一招！」

這套方法很簡單，卻能大幅提升文章品質。

即便看到題目，腦袋一片空白，只要運用以一應萬架構法，不管是填段落或寫作容易卡關，都能幫助你穩定拿高分。

將我的幸運，讓學員接棒

就像前面說的，我人生的好運，都因寫作而發生。

我的幸運到底有多誇張？

第一次參加全國語文競賽時，我曾練習寫過一篇〈讀書與明理〉。結果，當年的考題恰巧就是「讀書與明理」。

高中第一次參加高雄市語文競賽，當年的題目「樂觀與悲觀」，跟我自命題的內容竟然一模一樣。

後來我教課的學生也常一比賽完就發簡訊：「老師！妳太誇張了，妳知道出什麼題目嗎？就是妳昨天特別跟我討論的題目，一字不差！」

除了自己猜中三次市賽與全國賽題目，連學生校內競賽與學測考題都頻繁猜中。最近的一次是，一一三年學測國寫試題「貼標籤」，竟與我一一〇年在臉書粉專所寫的〈被貼標籤，你需要一罐人生除膠劑〉不謀而合。

我常在想為何有這麼多從天而降的幸運，除了自己能應用寫作思維外，唯有將幸運轉化成助他人成長的一臂之力，才能解釋這莫名其妙的好運。

在這樣的理念下，兩個孩子的人生故事，讓我以寫作教學作為人生志業。

我曾引導一位國中生投稿報紙，幫助她從憂鬱症中走出來，而後我的作文課也成為孩子拒絕上學期間，唯一願意出席的課程。而這孩子現在已是紐西蘭奧克蘭大學（The University of Auckland）醫學院的高材生。當年我是她的微光，而今她卻是指引我堅定前行的星光。

另一位幾乎被放棄的國二生，本來被高學歷爸媽評為作文癌症末期（按：指不會寫作文），在經過三個月的訓練後，竟跌破師長眼鏡，拿下全校語文競賽作文第一名，半年內拿下高雄市語文競賽第六名，還擔任畢業生代表致詞。最終以國中會考 A++、作文五級分的成績，以及高中學測國文十五級分、作文 A 的佳績，考上長庚大學醫學系。

作文，最小單位的表達練習

很多人會說，學作文到底有什麼用？

從基礎作文、寫作到進階創作，作文，其實就是最小單位的表達練習、練習寫

作的起點（見圖表0-3）。

無論是文學創作、學術論文、上臺簡報與公開場合的發表講綱，其底層邏輯都來自一篇好作文的核心觀念。

而我想教學員的不只是作文，更重要的是思考與表達，試想，人生表達力大開，怎能不開運？

把作文考試考好，這個目的很小，但透過作文考試，學會恰如其分的表達想法，這才是真正重要的目標。

寫作於我而言，就像順境時的牛排刀，逆境時的禮物拆封刀，與其害怕，不如順著肌理享受它、卸除包裝善解它。用幽默與寬容看事故，就能成為笑著說故事的人。稿紙上的方格，是我人生航行的好運座標。

圖表0-3 作文，最小單位的表達練習

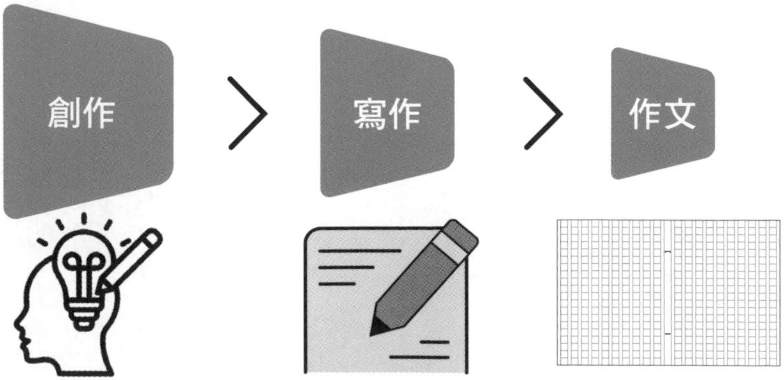

在教學生涯中，我也期望用自己的人生故事逗學生笑，搭起同理的橋；用自己對寫作的熱情與努力，點燃許多孩子的內在原力。

若在考場、比賽、職場，這本書能助你好運，那將是我最大的幸運。

2 好文章就像玩穿搭，全靠組裝

如果明天有一場重要的面試，在準備服裝時，你通常會怎麼做？

A、特地到服飾店，再買一套新衣服。

B、出門前翻箱倒櫃，臨時湊出一套。

C、早有固定戰服，不用選就是它了。

D、隨便穿，考官是看我的內在，又不是外在。

正確答案是C。最經典的例子就是，蘋果（Apple）創辦人史蒂夫・賈伯斯（Steve Jobs），和臉書（Facebook，現已改名為Meta）創辦人馬克・祖克柏

（Mark Zuckerberg）。

他們把最寶貴的時間都花在思考與創新上，所以每天都穿同樣的衣服，而這種極簡穿衣風格，也深深烙印在大眾腦海中。

還有，全球流行預測分析師劉瑄庭（Emily Liu），也提出最美五套質感人生穿搭理論，亦即一個月下來都穿這五套，就足以應付所有場合。但要注意——是「套」，不是「件」，這裡的「組合概念」非常重要。

同理，作文猶如人生縮影。面對考試提問或商用寫作，就像每一次打開衣櫃選衣服一樣，從開頭、段落、結尾到修辭，該怎麼組合？

從歷屆考古題證明，學校考試的題目大都與生活、學習、成長經驗有關，而高普考的作文題目，則與公務員的工作情境有關，所以考試的方向大致可分為三種：一、過去體驗，二、未來想像，三、個人價值觀與中心思想。

這本書要帶大家將上述這些關鍵資訊整理出來，從寫作技巧、架構、取材等方面，組裝成一篇篇完整的文章，讓大家面對不同題目或在各種表達場合上，都能遊刃有餘。

3 最好的題材就是你的親身見聞

為什麼一看到作文題目：「夏天最棒的享受」、「未成功的物品展覽會」、「從陌生到熟悉」、「當我打開課本」、「花草樹木的氣味記憶」，明明這些題目都很生活化，當下卻還是腦袋一片空白？

甚至我在指導學生面試時，經常會問到：「可以請你自我介紹三十秒嗎？」學生往往支支吾吾，說得七零八落，難道自己才是最熟悉的陌生人？

其實，這和我們的教育環境有關。

大家忙著念書、考試，卻很少花時間探索自我。然而，**除了應付升學，其實更重要的是：整理自己，斷捨離**。

日本整理達人近藤麻理惠，她在《怦然心動的人生整理魔法》一書中曾提到，生活空間其實反映出一個人的心理或思考狀態。唯有執行斷捨離，放棄不需要的物品，才能騰出更多的生活空間。

寫作也是如此，從外在環境到內在心靈，將不重要的資訊清除，才能幫助我們運用重要的人生體驗，並發揮在作文考試上。

但很可惜的是，很多學生或家長都會說：「因為沒空讀很多書，也不想背名言錦句，所以作文當然考不好。」

然而，事實並非如此。

新式國寫作文，已不再是過去必須背誦大量名言佳句、文學原典，或者堆砌一堆成語才能拿高分的時代。

除了語文競賽以外，現在的官方考試，更看重思辨的過程與描寫的具體細節。

圖表0-4　常見考試的取材重點

	✖	○
新式國寫	堆砌大量的成語、名言錦句、文學經典。	**思辨能力、感受能力。**
語文競賽或高普考	日常寫作的格式。	大量引經據典或相關專業資訊。

所以，如果你是理工阿宅、作文厭世組的成員，那恭喜你！在制度鬆綁下，比起花時間痛苦的背成語和典故，**你更需要的是，好好整理自己的人生，因為最好的題材就是——你的真實親身見聞**。

國文課本其實很好用

如前所述，許多學生不會寫作文，是因為沒有建立起好的閱讀習慣。但這並非事實，因為從國小到高中，每學期的國文課本選文，累積至少上百篇的經典文章資料庫。

你可能會說：「我不喜歡背，我背不起來！」但你其實不用當「背多分」，只要用自己的話，簡單詮釋經典。

例如一一三年學測國寫試題「縫隙的聯想」，大考中心所選的範文中，便有一篇以國文課本的〈桃花源記〉、〈赤壁賦〉、〈庖丁解牛〉作為題材，以自己的話詮釋縫隙的意義，這才是語文教育的目的——吸收內化經典的內涵，與自己的人生體驗結合。

那麼，在架構下，如何鋪陳材料？

第一、獨特性：有趣新奇。

第二、深刻性：掌握度高、好發揮者。

①材料熟悉

知道書名、篇名、作者名、原典全文者，可放作者名與原典內文，但字數不宜超過一行半，否則有灌水之嫌。

②材料不熟悉

用「先賢說」、「古之大儒認為」，接著用自己的話敘述無法背誦的材料。

③材料太多

單舉篇名、引用全文、只言作者名，交錯使用，詳略搭配。

第一章

一秒勾癮人心的寫作技巧

1 關鍵詞開頭法，直接破題

你也有過這樣的經驗嗎？一走進便利商店，貨架上的商品一目瞭然，很快就可以找到自己想要買的東西。或是結帳時，經常因為櫃臺上的促銷品，一不小心又失手買更多。

其實，這些商店的陳設與動線，都是為了提升銷售額。寫作也是如此。你能讓閱卷老師一眼就找到重點，他自然就會給你高分。

在文學創作裡，要勾住讀者的注意力，除了要運用創意之外，還要讓人感到新奇有趣。但我要提醒大家，在作文的考場上，創意並不是最重要的。我高中參加學測時，就因為來不及寫完，結果作文成績慘遭滑鐵盧。

我常跟學生說：「**想在作文考場出奇制勝，大多數下場是『離奇死亡』**。」這並不是說創意不重要，而是孵化創意必須具備一定的條件，而且從找靈感，到自由發想，需要足夠的時間及篇幅，才能完整展現創意（下頁圖 1-1）。

但一到考場，很多人卻經常因為時間不夠，或是受限於題目及篇幅，而難以發揮。因此，大部分的人不是寫不完，就是下筆極為匆促，更遑論要閱卷老師看見你的創意。

然而，如果你有強烈的創作魂，就是很想發揮一下才不會愧對自己，那麼我建議你，**把創意用在試前練習就好。即便再想冒險，也僅止於段考與模擬考，千萬不要在大考時，妄想寫出曠世巨作**。除非你是羅家倫[1]，而閱卷老師是民初著名文學家胡適，才有可能出現作文滿分的傳奇故事。

還有，完成作文後，務必請老師審核作品，告訴你創意放哪才能畫龍點睛，以及披沙揀金挑出亮點。如此一來，你既可保有自己的想法，又能獲得考場的勝利。

1　羅家倫，中國著名教育家、五四運動學生領袖，參加北京大學考試，雖各科成績平平，但因作文被胡適評定為滿分，而破格錄取。

圖表1-1 正式考試的限制

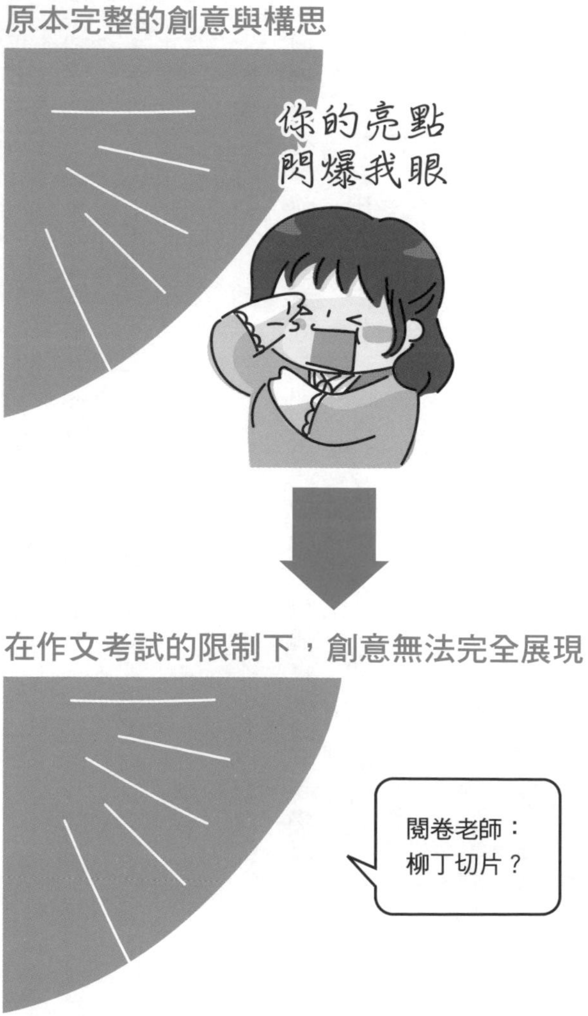
原本完整的創意與構思
你的亮點
閃爆我眼
在作文考試的限制下，創意無法完全展現
閱卷老師：
柳丁切片？

接下來，我要介紹最簡單的得分法，不需要喜歡寫作，也不用任何修辭基礎，就能有效得高分。

關鍵詞開頭法：直接破題

作文題目其實是最短的閱讀測驗，因此，**抓到核心關鍵詞，就等於和閱卷老師打招呼、提醒他：「我讀懂題目了」、「我正確理解重點是什麼」**。

所以，作文第一段**要直接破題，針對題目直接下定義，也就是審題**。

怎麼做？將作文題目分成兩個要素：主題、範圍限制（見下頁圖表1-2）。

「主題」是文章主要的重點，必須以主題來展開所有論點，範圍比較廣；範圍限制則是聚焦在一個範圍或對象。

例如：一一二年學測國寫作文第二題「花草樹木的氣味記憶」，其主題便是「氣味記憶」，而範圍則是限制在「花草樹木」。

因此，在書寫時，若只有提到花草樹木，卻沒有針對氣味深入描寫，或藉由氣味聯想到其他事，分數便不高。示範如下：

「人行道上撒落一陣金黃花雨，散發印度紫檀特殊香氣，沉穩的木質香氣中，帶著刺鼻與微酸的味道，這氣味總讓我聯想起童年時，手拿新山檀香，口中念念有詞，為我收驚的曾祖母，那是一股讓我安心的氣味。」

——高雄市立中山高中／吳芸錚

再比如：**教育部全國語文競賽中，「轉彎」這個題目曾出現過四次**。

「轉」是主題，寫作重點放在：用什麼態度面對、用什麼方法應對；而「彎」則是範圍，聚焦在「遇到不得不改變的事」。

「轉彎」的破題流程，詳細請見左頁圖表1-3。

第一段先為轉彎下定義，並且以核心

圖表1-2 破題先找出主題、範圍限制

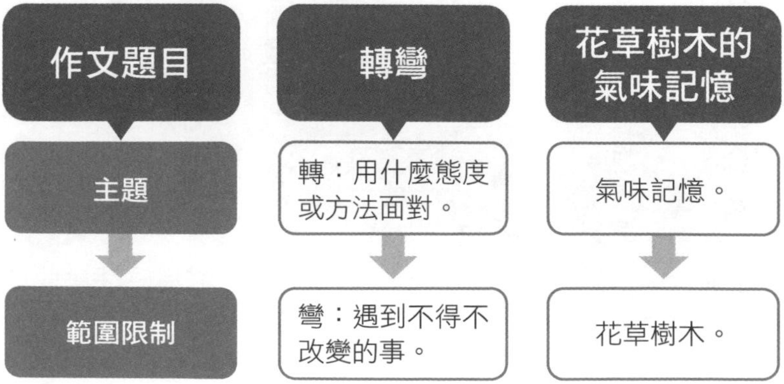

關鍵字「轉」分出三個論點，分別是知變為常、轉苦為樂、反逆為順（範文請見第九十二頁）。

我將轉彎定義為「應變」，不過應變其實也曾出現在大考作文題目。

因此，建議大家**務必練習「轉彎」這一題目**。因為它的核心概念——**遇到不得不改變的情境、思想與做法上有所改變**，和許多競賽作文題目，其實都是相同概念抽換說法而已。

例如：選擇、突破、超越、改變的勇氣、那一次我迎向挑戰、逆風成長。

但切記，要避免大量使用重複的字詞，例如從頭到尾反覆出現「轉彎」，那會被判為冗詞贅字。

首段破題點到為止，即有畫龍點睛的效果，尾段再提出至少一次，則可避免偏題，又有首尾呼應、結構嚴謹的成效。

圖表1-3　〈轉彎〉破題的思考流程

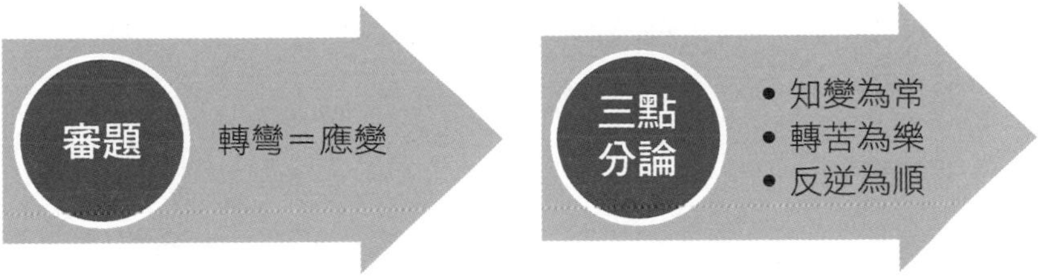

好標題，常用高度反差

一篇好文章，絕對少不了「標題」。一一三年國中會考的作文，便以生活中常見的商業文案標題，要學生結合生活經驗，寫下自己的觀察和想法。試題如下：

- 豪華「包糕粽」套餐——讓你考試高分過！
- 百年大旱——水資源去哪了？
- 打趴五星級飯店主廚的蛋糕，竟出自國中生之手！
- 動漫展門票銅板價，學生族大確幸！
- 前車這樣做，駕駛崩潰險釀禍！
- 十四天減體脂肪一〇%，實測有效！

你發現了嗎？這些超吸睛的句子都用到了高度的反差，例如：百年大旱和水資源、五星級和國中生、銅板價和大確幸。還有，善用數字：十四天減體脂肪一〇%。而這些技巧都屬於：「關鍵詞」的進階寫作應用。

小試身手

請練習分辨題目中的關鍵詞何者為主題、何者為範圍限制。

一、「季節的感思」（一〇七年學測）

主　題：

範圍限制：

寫作重點：

二、「樂齡出遊」（一一一年學測）

主　題：

範圍限制：

寫作重點：

參考答案

一、

題目關鍵詞	主題／範圍限制	寫作重點
感思	主題	描寫心中的感受與領會。
季節	範圍限制	描寫對季節的感知經驗。

二、

題目關鍵詞	主題／範圍限制	寫作重點
出遊	主題	說明樂齡出遊的意義，並闡述如何照顧長者在生理與情感上的需求。
樂齡	範圍限制	描寫與六十歲以上長者出遊的互動經驗、獨特或印象深刻的回憶，或是須注意的細節。

2 定格法：只給畫面，不給答案

第一段要吸引閱卷者的目光，還有一個方法，那就是截取關鍵動作的畫面，但不交代任何情節，以製造出懸疑的效果。

這寫法屬於開放式，適合運用在側重抒情或記敘的文章。例如：

「碰！甩手發出偌大的關門聲，關上了溝通橋梁，也禁錮了心底的傷。」

上述句子很簡短，不只故意隱匿主角，還省略了事件內容，刻意只留下動作畫面，讓讀者產生懸疑，究竟是誰甩手？又是誰內心受傷？具體發生了什麼事？

也就是說，**第一段的任務只要勾住讀者的懸念**，便算大功告成，剩下的情節與感受，就留給第二段與第三段詳細說明。妥善運用這個寫法，文章開頭不苦惱！

以下再舉兩例：

- 「外公一句：『去，你們都給我滾出去。』母親手中的生日蛋糕，瞬間走味，這是一場變調的慶生，一個會哭的生日蛋糕。」
- 「看著老師小小的身軀，在圖書館幽暗的一隅，趴在桌上低聲啜泣，我知道這次她是真的被傷透了心。」

當第一段以衝突的畫面或人物對話開場時，便能引發讀者好奇心：究竟為何外公會說出這樣傷人的話，而受傷尷尬的母親又有什麼說不出口的委屈？

第一段只寫出一個動作，卻不說明發生何事、與何人有關，用飽和的情緒張力勾住讀者，繼續讀下去，這便是第一段容易引人入勝的寫法。

象徵物：重要線索，重複暗示

象徵物開頭法也很簡單，與關鍵詞開頭法一樣，**象徵物可重複出現在第一段與最後一段**，如此便能刻意將意象清楚的傳達給閱卷者。

意象是什麼？

藉由作者個人經驗賦予物品、景象專屬的意義，便是意象。

我常舉「丁丁下課和同學吃點心」的例子：

「丁丁與東東下課經過學校旁的麥當勞，常常會合點一份薯條，所以等到長大各奔東西，每當吃到麥當勞薯條時，他們便會想到童年回憶，因此『麥當勞薯條』就等於丁丁與東東共同的童年回憶。」

在這裡，丁丁與東東的童年回憶是「意」，而薯條即是「象」。

也就是說，意是作者的感受或思想，而象則是經驗中具體的物品或景象（見下頁圖表1-4）。

圖表1-4 何謂意象？

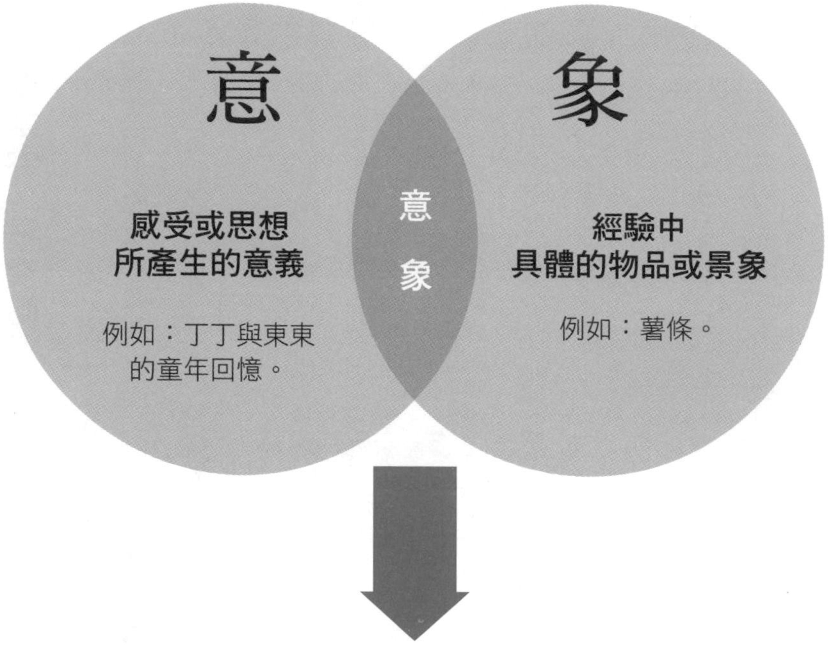

列舉象徵物，重複放在第一段與最後一段。

再例如：杏仁瓦片。在我教書生涯中，這個甜點具有特別的象徵意義。因為兩位和我感情特別好的學生，分別在國中會考、高中學測結束後，恰巧都送我親手做的杏仁瓦片，因此我以「杏仁瓦片」為題材，寫了一篇篇名叫做〈杏福仁生〉的文章。以下列舉最後一段加以說明：

人生是一場善意的接力賽，就像那一年，國中導師疼愛我一樣。畢業的學生長大了，巧合的是他們不約而同，帶來自己親手做的「杏仁瓦片」，緣起不滅分享彼此的幸運，咬下一口貓咪杏仁瓦片，彷彿聽到孩子說：「謝謝妳開啟我的『杏福仁生』，喵！」

象徵物的寫法，屬於比較高階的文學寫法，通常被大量運用在電影拍攝。除了在架構上具有首尾呼應的效果，在段落間穿插使用，也會讓文章一氣呵成、結構更為緊密。以下再示範三個例子：

● 看著赭紅色絨布珠寶盒中，那一條「三心」交疊的金項鍊，是父親送給我的

第一條項鍊，他說這代表我們家仨，永遠同心相愛。

- 《灌籃高手》電影中，宮城良田比賽時總帶著哥哥的紅色護腕，因為他要帶著哥哥未竟的遺願，完成稱霸全國的夢想。
- 人生重要場合，我的手上總是帶著一條灰藍色髮圈，那是我第一次得國際數學競賽金獎時，綁在頭上的髮圈。從那次之後，它就成為我的幸運小物，只要有重要考試或比賽，它總能替我燃起再次成功的信心。

圖表1-5 運用象徵物

物品	相關人物	象徵意義
三心金項鍊	父親	同心相愛
紅色護腕	哥哥	稱霸全國的夢想
灰藍色髮圈	我	燃起信心

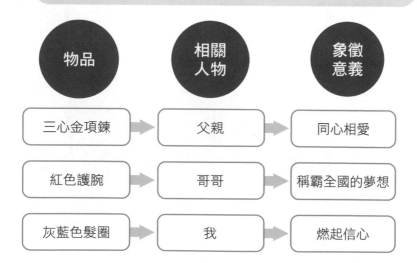

小試身手

請試著用三個問題，找出屬於自己的象徵物，並練習敘述該物品對自己有哪些意義。

（例如：蒐藏品、紀念品、食物、隨身用品、榮譽物品、第一次得到、幸運小物）

一、我最喜歡的東西是？

二、象徵物具有哪些意義？

3 主題句，越短越有效

你一定也聽過導遊說：「大家注意，我們在六福村門口解散，四十五分鐘後，請回到門口集合，請不要遲到！」其實，這就是主題句的概念。

接下來，讓我們來看語文競賽高手最常用的手法——主題句（見左頁圖表1-6）。**主題句，是指在每一段的開頭，用簡短的句子點明整段主旨**。例如：

「風情」，是大自然餽贈臺灣的瑰寶。

「鄉情」，臺南將軍鄉曾祖母家的記憶。

「文情」，多元文化兼容並蓄共榮共好。

「人情」，獨特臺灣味在生活的轉角處。

圖表1-6　主題句，就是一種小標題

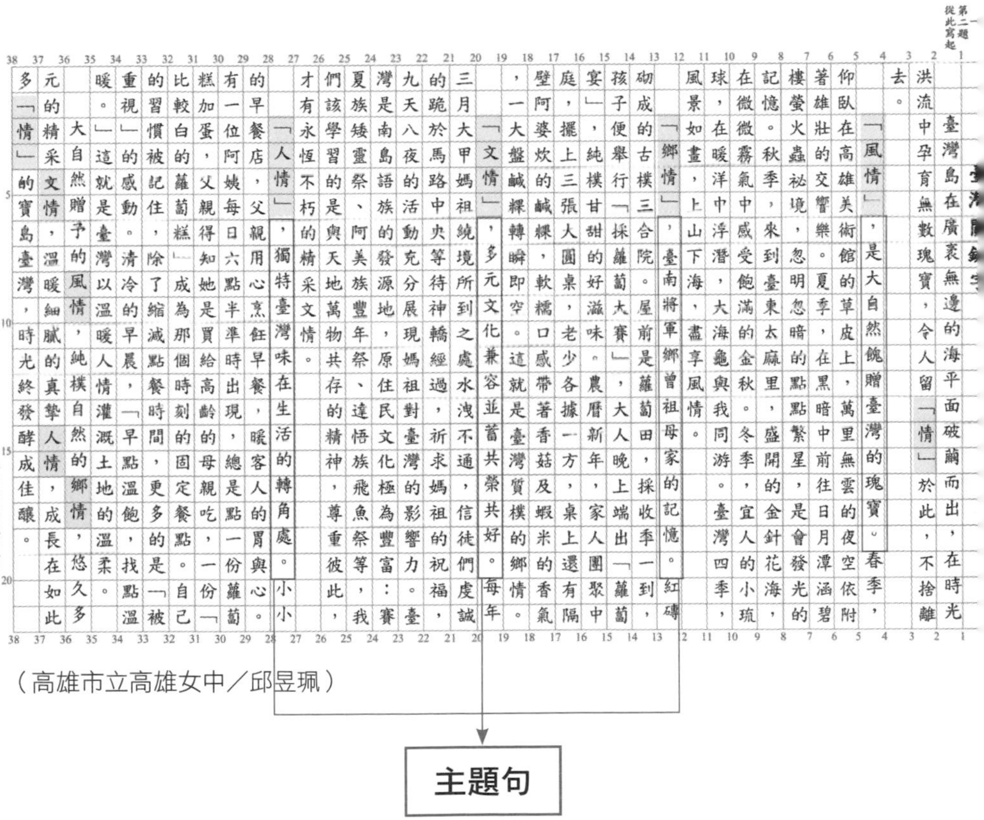

臺灣島在廣袤無邊的海平面破繭而出，在時光洪流中孕育無數瑰寶，令人留「情」於此，不捨離去。

「風情」，是大自然餽贈臺灣的瑰寶。春季，仰臥在高雄美術館的草皮上，萬里無雲的夜空依附著雄壯的交響樂。夏季，在黑暗中前往日月潭涵碧樓螢火蟲祕境，忽明忽暗的點點繁星，是會發光的記憶。秋季，來到臺東太麻里，盛開的金針花海，在微微霧氣中感受飽滿的金秋。冬季，宜人的小琉球，在暖洋中浮潛，大海龜與我同游。臺灣四季，風景如畫，上山下海，盡享風情。

「鄉情」，臺南將軍鄉曾祖母家的記憶。紅磚砌成的古樸三合院。屋前是蘿蔔田，採收季一到，孩子便舉行「採蘿蔔大賽」，大人晚上端出「蘿蔔宴」，純樸甘甜的好滋味。農曆新年，家人團聚中庭，擺上三張大圓桌，老少各據一方，桌上還有隔壁阿婆炊的鹹粿，軟糯口感帶著香菇及蝦米的香氣，一大盤鹹粿轉瞬即空。這就是臺灣質樸的鄉情。

「文情」，多元文化兼容並蓄共榮共好。每年三月大甲媽祖繞境所到之處水洩不通，信徒們虔誠的跪於馬路中央等待神轎經過，祈求媽祖的祝福，九天八夜的活動充分展現媽祖對臺灣的影響力。臺灣是南島語族的發源地，原住民文化極為豐富：賽夏族矮靈祭、阿美族豐年祭、達悟族飛魚祭等，我們該學習的是與天地萬物共存的精神，尊重彼此，才有永恆不朽的精采文情。

「人情」，獨特臺灣味在生活的轉角處。小小的早餐店，父親用心烹飪早餐，暖客人的胃與心。有一位阿姨每日六點半準時出現，總是點一份蘿蔔糕加蛋，父親得知她是買給高齡的母親吃，一份「比較白的蘿蔔糕」成為那個時刻的固定餐點。自己的習慣被記住，除了縮減點餐時間，更多的是「被重視」的感動。清冷的早晨，「早點溫飽，找點溫暖。」這就是臺灣以溫暖人情灌溉土地的溫柔。

大自然贈予的風情，純樸自然的鄉情，悠久多元的精采文情，溫暖細膩的真摯人情，成長在如此多「情」的寶島臺灣，時光終發酵成佳釀。

（高雄市立高雄女中／邱昱珮）

在使用主題句時，需要特別留意以下四點：

①越短越有效

主題句其實就是一種小標題，因此善用凝鍊簡潔的句子，說明整段重點，效果最佳。

②用二、三、四字開頭

雖說句子越短越有效，但太短有時也可能會表達不清楚，這時我們可以**善用一逗點、一句點**的格式，將主題句以兩個字、三個字、四個字開頭，後面再接續簡短的說明文字。例如：**勇敢，是成長的利劍**。

③善用上下引號

開頭使用上下引號，將關鍵詞框起來，讓人在最短時間內，直接看到重點。但要注意，引號**數量盡量不要超過一段的行數**。例如題目要求字數在四行以內，引號數量就大約三個到五個，以行數加減一為原則。例如：「挫折」，是人生的磨刀石。

④不宜分行

主題句不宜超過整行的四分之三，否則效果不彰，如果超過一行到第二行，看起來像內容的行文，就會失去小標題突顯重點的效果。

接著，請看以下範例（見下頁圖表1-7）。

你看到了嗎？在密密麻麻的文字牆中，因為上下引號與主題句。立刻突顯出重點，所以我們能快速掌握文章脈絡。

我剛開始教寫作時，很喜歡讀文學批評、寫作技法類的書籍，也因為這股雄心壯志，總覺得傾囊相授，才是認真負責的好老師。但教學多年以後，我非常能理解學生時間有限、練習寫作的次數更有限。因此，在考前，我往往會將考試狀況設定在最差的狀態。

主題句，不僅是考試作文很常用的技法，在演講或寫作上，也都能有效溝通。

如果你真的沒有時間，也不打算練很多招，那你一定要學會這個必勝招。

圖表1-7 用主題句加引號，凸顯重點

開頭破題

第二題從此寫起

第二題作答區

注意：1.限在作答區範圍內作答，本頁作答區共836格。2.不得汙損或書寫與答案無關之文字或符號。3.請由右至左直書作答。4.請妥善分配作答時間。

人間愉快

何謂愉快？我所認為的人間愉悅，便是藉由：「體悟」、「淬鍊」、「轉化」的過程，體驗愉悅。

A 「體悟」痛苦，是「與民同樂」的起點。瑪麗王后曾說：「無麵包吃怎麼不吃蛋糕呢？」因此被送上斷頭臺；晉惠帝曾言：「何不食肉糜？」因此步上亡國之途。知名脫口秀演員小鹿說：「若大家都喜歡吃肉，那誰來思考為何世界上不能人人都吃到肉呢？」長時間的快樂使上位者失去覺察能力，因此不僅「獨樂」還要「同樂」，因此與民同樂，必須從「理解痛苦」開始。喜劇內核是悲劇。紀伯倫曾說：「用歡樂所掘成的井，裡面溢出的往往是淚水。」指悲劇是冀望透過自省創造出更美好的未來。尼采曾說：「希臘人是最樂觀的民族，但他們所創造的藝術卻是悲劇」。喜劇帶來的是歡樂與愉悅，是對悲傷的寬容與理解，因此莎士比亞「四大悲劇」成為感人雋永的經典之作。

B 「淬鍊」快樂，是通往成功的方法。去除情緒雜質，淬鍊內在純粹本質與感受，覺察自我，靜中生慧，便如達賴喇嘛《最後一次相遇，我們只談喜悅》中所言：「快樂人生的終極泉源，是向內求而無法外求。」的境界。節制享樂才能常樂。赫曼・赫塞說：「有節制的享樂，是雙重的享樂。」如同王溢嘉在一場演講中，他興高采烈的講了老半天，到了臺下，接受一位老太太的點評卻是：「你錯過了結束的機會。」他驚覺原來樂事必須懂得適時節制。子曰：「樂而不淫，哀而不傷。」有節制的享樂，有智慧的享樂，才能永保喜悅。

C 「轉化」苦與樂，大智若愚看世界。小丑，不一定是帶歡樂面具的悲傷者。像我在班上，常扮演甘草人物。每當我逗得同學捧腹大笑，看別人快樂自己卻更加歡喜。喜劇泰斗金凱瑞曾說：「你對他人的影響，是你最珍貴的價值。」周震宇《聲音魅力學》中，運用榮格的九型人格，將聲音分類。其中提到：「小丑，其實是戴了面具的智者。」善用一種更靈活彈性、圓融幽默的態度化解尷尬處境。

人間愉快，對我而言，是「體悟」痛苦，「淬

合論

高雄市立高雄中學／趙記康）

用上下引號＋主題句，突顯重點。

4 序數詞，最快抓重點

序數詞，就像在高速公路上的交通號誌，可以讓你知道距離目的地還有多遠。

而序數詞最常用的三組，分別是：

①一、二、三。

②第一、第二、第三

③首先、再者、然後、最後。

很多人寫作文時，偶爾會交錯使用兩組序數詞，例如：第一、再者、最後，但我建議大家一篇只選用一組，因為序數詞是慣用說法，幾乎不用思考與反應，閱卷者就會直接聯想到下一個序數詞。

也就是說，當你寫「第二」，我們的大腦其實就已經開始準備尋找「第三」，這時如果突然改用「再者」，後面的文字就很容易被忽略，而且邏輯上也不夠順暢。閱讀者很有可能讀第二遍時，才會發現，原來「再者」就是「第三」的同義詞。

因此，千萬不要小看序數詞，它除了能讓文章井然有序，還能發揮暗示大腦的作用，大幅降低理解成本，並減輕閱讀所帶來的疲勞感。

簡答題類型的作文題目，特別適用序數詞，以最簡單的結構，發揮提綱挈領的作用。以下試舉一一三年學測國寫第一大題「貼標籤」的第二小題為例，示範給大家看。

請掃描試題「貼標籤」。

我認為貼標籤、被貼標籤此現象可由「汙名化」、「壓抑自我」和「限縮社會發展」三個面向加以討論。

第一，「汙名化」：現今社會時常將精神病患者貼上「抗壓性不足，因而患病」的標籤，而忽視其他的成因，如「家族遺傳」等因素，使其族群被嚴重汙名化。第二，「壓抑自我」：「男兒有淚不輕彈」是社會對男性貼上的標籤，而此標籤使男性為了符合社會期待，時常過度壓抑自己的負面情緒，進而導致嚴重的心理疾病，如憂鬱症、焦慮症等。第三，「限縮社會發展」：「女子無才便是德」，此標籤使許多具有潛力的女性，因此失去受教權，從此被埋沒；「女性不擅長理科」，此標籤也會使女性限縮自己，進而使社會錯失許多優秀的人才。

標籤對人的個人意識、自我認同有強烈的影響，如可去除負面標籤，貼上正面標籤，「貼標籤」此行為即可對「被貼標籤」的人產生正面影響。

——高雄市立高雄女中／柯品瑜

上述文章從三個面向探討，並依序數詞「第一」、「第二」、「第三」分別闡述論點。當讀者看到論述有次序時，層次自然分明，思考邏輯也會更加清楚。

因此，文章結構要嚴謹，並沒有想像中的難，善用序數詞，你也可以輕鬆架起最簡單的結構。

文章是溝通的工具，越簡單越有效。下次在寫文章時，不妨先停下來思考：**大**

概有幾個重點，先寫序數詞。絕對比想到什麼就寫什麼、甚至閒聊，更能精準傳達你的想法。

小試身手

請以「線上學習之我見」為題，運用序數詞，作三點論述的練習。

一：

二：

三：

5 斷句原則，十加減三

「可是瑞凡，我回不去了！」這句電視劇《犀利人妻》的臺詞，想必大家都不陌生。在這個重視圖像思維的時代，相較於3C的聲光刺激，黑白相間的作文版面，不僅既枯燥乏味，也很難抓住眼球。

這時就要多加運用標點符號。標點符號就如同螢光筆、可愛小圖章，不僅可以讓視覺有變化，藉由不同的圖形與留白，也能幫助閱讀者快速抓重點。

我高中時採訪詩人余光中老師，他曾特別提到寫文章斷句的重要性。斷句——即停頓的概念，是為了讓讀者換氣與思考。而最簡單的斷句原則便是：十加減三，**約在七個字到十三個字，必須停頓一次**。

這與正常人呼吸的頻率相近，否則句子拉太長、不斷句，文章自然讀不下去。

接下來，我們來看一下頓號、逗號與句號的用法與文章效果：

①頓號

通常用於羅列、鋪排名詞，停頓時間約〇．二五秒。例如：媽媽的拿手好菜有：粉藕排骨、螞蟻上樹、麻婆豆腐、宮保雞丁。

②逗號

用於分開句內各語詞或表示語氣停頓，停頓時間約〇．五秒，逗點除了表示停頓外，還能留下重點VIP的空間。

你可以想像一下，逛精品店時，店內的空間是擁擠還是寬敞？昂貴的限量版商品，是否會被刻意放在玻璃展示櫃，還特別打光？

寫作文也是如此。在文章每一段的第一句，**只要用引號將關鍵詞框起來，就會有玻璃櫃的效果，而逗點，就是留下寬敞的走道或空間，讓人一目瞭然。**

以下做個比較：

✓感恩是成功人士幸運的祕訣。
✕感恩，是成功人士幸運的祕訣。
👍「感恩」，是成功人士幸運的祕訣。（**立刻看出重點**）

③句點

用於語義完整的句末，停頓時間約一秒。很多文章經常會一路「逗」到底，我建議大家在寫作時，將一個概念完整表達出來，即可使用句點。

主題句越短越有力道，但如果有時想不到四字句，也可以將三字句或二字句，先擺在最前方，接著用逗點刻意區隔開來，突顯核心關鍵詞。如此一來，不僅可以讓人一秒抓到重點，還能讓每段開頭看起來很工整。

上、下引號最常與冒號連用，應用在書寫對話，但這裡我要介紹的是如何藉由上下引號得高分，以下有兩個小祕訣：

高分必備，螢光筆特效——上下引號

①列重點，下關鍵詞

運用引號強調重點，讓讀者無法忽略。例如：根據上文所述，線上學習的優點可分為三點：一、「可重複觀看」，二、「省交通時間」，三、「無空間限制」。

②主題句必殺技

在每段開頭，四分之三行內，運用引號＋關鍵詞＋逗點＋句點，列出主題句（請見第六十頁）。

驚嘆號：情緒噴發，聲情特效

驚嘆號用在表達情緒，讓文氣產生變化，展現寫作者無聲的情緒和語調。因此，在標點符號中，驚嘆號是一個情緒飽滿，並且清脆響亮的符號。

但要特別注意，**一段一百五十字的段落中，不宜超過三個**，因為太多驚嘆號，會讓閱讀者陷入疲乏，或是自動登出。這是我上作家吳鈞堯現代散文課時，他特別提到的觀點，大家一定要學起來。

破折號：話鋒一轉，長音特效

破折號在稿紙上占兩格，而常見用途有三種：

①聲音延長

除了驚嘆號以外，破折號也算是一種聲音特效，在描寫聲音時，可以多加運用。例如：火車進站囉！嘟——嘟——嘟。

②語意轉變

通常用在製造反差，例如：「我絕對不看恐怖片——除非你陪我一起看，外加請我吃大桶爆米花和可樂！」

③補充說明

例如：「從劉姥姥二進大觀園，與眾人的對話，可以看出她老人家——知所進退的處事智慧。」

總的來說，不斷句或不分段的文字牆，讀起來會令人倒抽一口氣、很痛苦，但破折號卻能轉變語意、補充說明、或發揮聲音特效。除此之外，破折號也能改變一字一格的固定節奏。

多加靈活運用標點符號，會讓閱卷老師認為，你是擅長寫文章的人，第一印象與閱讀觀感也會特別好。

刪節號：欲言又止，音斷氣連

刪節號最常使用在兩個用途：

①欲言又止

當你想表現語氣斷斷續續，或說話另有所指時，刪節號就能派上用場。例如胡適〈差不多先生〉：

差不多先生差不多要死的時候，一口氣斷斷續續地說道：「活人同死人也差……差……差……不多，……凡事只要……差……差……不多……就……好了，……何……必……太……太認真呢？」

②語意未完

當話沒有說完，或者故意不說完想讓對方猜時，也可以善用刪節號。例如徐志摩〈我所知道的康橋〉：

再有一次，是更不可忘的奇景，那是臨著一大片望不到頭的草原，滿開著豔紅的罌粟，在青草裡亭亭地像是萬盞的金燈，陽光從褐色雲裡斜著過來。幻成一種異樣的紫色，透明似的，不可逼視，剎那間在我迷眩了的視覺中，這草田變成了……，不說也罷，說來你們也是不信的！

像這樣，運用圖像思維思考，並多加善用標點符號，即可改善文章的閱讀效果，避免一眼望去變成文字牆。

本章重點

- 關鍵詞開頭法，直接破題。抓到核心關鍵詞，就等於和閱卷老師打招呼、提醒他：「我讀懂題目了。」
- 主題句，越短越有效，可用上下引號，立刻突顯出重點。
- 序數詞，最快抓重點，但要避免交錯使用。

第二章

閱卷老師給高分的標準

1 閱卷者跟你有三個「不是」

我以前參加考試時，曾憑藉自己的語感和直覺，幸運的得獎與拿高分，但也曾急著下筆，或是時間掌握不佳而考場失利。在我擔任語文競賽評審、教育部全國語文競賽選手的培訓教練後，過去許多自以為是的觀念都被推翻了。

我發現，**作文考試最重要的第一步是：找到閱卷老師給高分的得分關鍵**。

我常提醒學生一句話：「寫作者在乎細節，閱卷者在乎論點與論據。」這句話是指，寫作者經常一個不小心就陷入自己的情境而偏題，但**閱卷者評分的要點卻是：論點是否切題、邏輯架構是否通順、引用論據是否翔實**。

換句話說，在此前提下，寫作者如果能提供閱卷老師一張「快速通關票」，就已經踏出得高分的第一步。

這就有點像去日本環球影城，你得先購買快速通關票，才不會看到大排長龍，就想直接轉身逃走。

到底要怎麼拿高分？

首先，理解幾個觀念，你就能避免踩到許多不必要的地雷（見圖表2-1）。

時間有限，請幫閱卷老師高效完成工作

以高中學測國寫為例，一位教授必須在短短五天至六天內，批閱兩千五百份到三千份的試卷，也就是**平均一天要改五百份作文**。

假設一份卷子改一分鐘，至少要花

圖表2-1　閱卷老師比你想的還要累

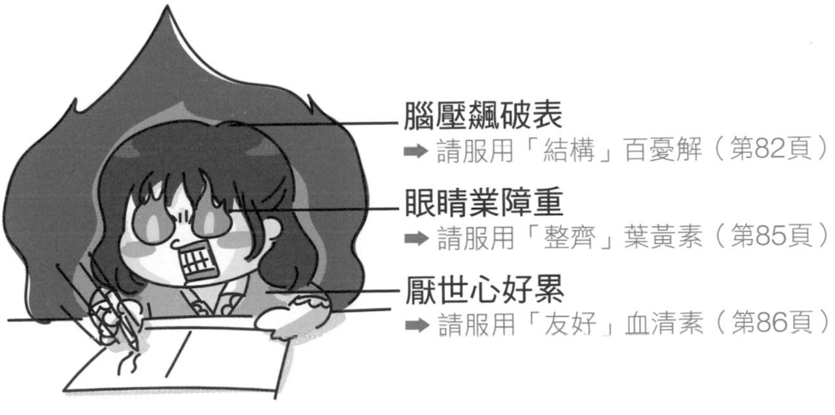
腦壓飆破表
➡ 請服用「結構」百憂解（第82頁）
眼睛業障重
➡ 請服用「整齊」葉黃素（第85頁）
厭世心好累
➡ 請服用「友好」血清素（第86頁）

兩千五百分鐘才能閱卷完畢。如果以番茄工作法[1]（Pomodoro Technique），每二十五分鐘就休息五分鐘，假設一人一天工作十小時，大約需要花五天的時間。依此類推，兩分鐘便需要十天，三分鐘需要十五天。

那麼，你認為老師會花超過三分鐘閱讀文章嗎？

因此，我會請學員自我檢測：**你的文章可以讓人在三十秒內抓到重點嗎？**

◎解方：「結構」百憂解。

閱卷者通常不會從第一個字慢慢讀到最後一個字，因為這些老師不是資深高中老師（會考），就是大學中文系教授（學測），由於長年大量閱讀的關係，閱讀速度非常快，所以其實**在閱卷時，他們會「挑重點位置先看」**。

重點位置在哪裡？很簡單，如左頁圖表2-2所示。

---

1 由義大利人法蘭西斯科．西里洛（Francesco Cirillo）提出的概念，其原則是，每工作二十五分鐘、計時器響，就要休息三分鐘到五分鐘。

圖表2-2 閱卷老師最先看的重點位置

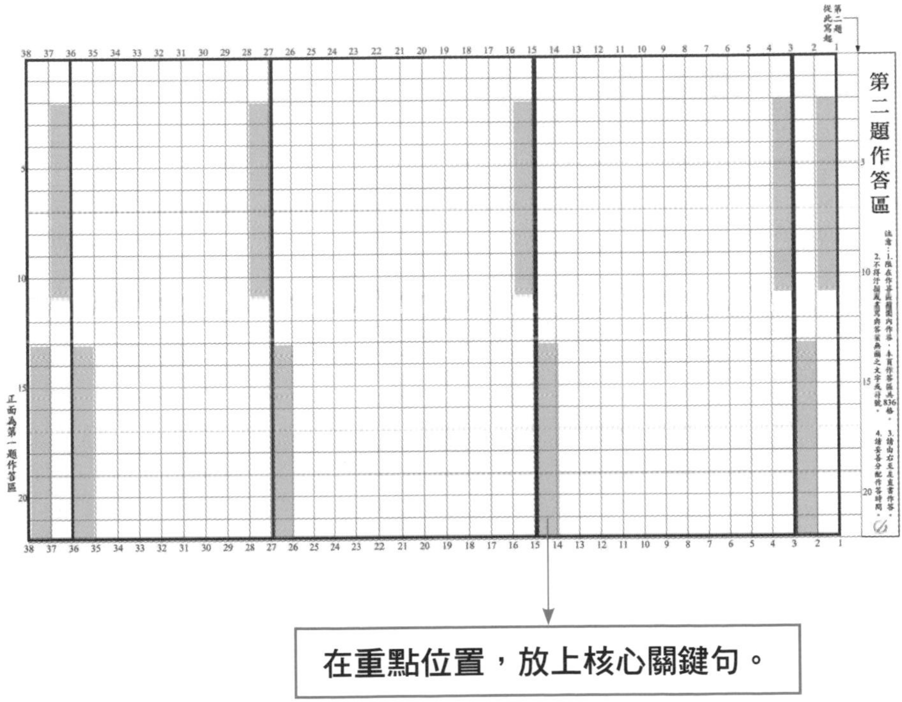

在方框位置，**放上與題目直接相關的核心關鍵句，閱卷老師就能快速知道你的論點與文章開展的邏輯。**

字醜、字太美，都會被扣分

目前大考中心採用電腦閱卷，建議大家可以到官網下載學測歷屆範文（請掃描第三一五頁的 QR Code），或是參考**會考三級分以下的文章**（按：代表待加強）。比起範文，你只需要讀爛文章，就能離好文章更近一些。

在我過去批閱市賽級別的語文競賽文章中，儘管已是各校第一名，但一眼就能看出的好文章，比例沒有想像中高，也因此，若文章能一眼入魂，基本上會直接榜上有名。為什麼？

如果你曾經用手機讀小說，那一定能體會，連續閱讀十篇三級分以下的文章，除了眼睛被疲勞轟炸，許多言不及義的文章還會讓你情緒低落、頭痛傷神。

尤其分數低的文章，字醜比例特別高，因此眼睛痛、識字很吃力，是很多閱卷老師的職業病。

但，只有字醜的人會被扣分嗎？不！有些字寫得很漂亮的人，也可能不小心踩到地雷，被扣分而不自知。我曾遇過一位培訓選手，字寫得龍飛鳳舞，在B4的稿紙上，筆力遒勁。然而，當考卷被掃描成電子檔時，筆畫有時會因縮放變形，導致閱讀不易。

此外，有些學生還會把字寫得跟螞蟻一樣小。雖然電腦閱卷可以放大，但還是建議將字寫端正。最嚴重的是「字淺」，下筆太輕，掃描成電子檔後，很容易因字跡不清楚，造成閱讀障礙。

其實，應試者的心態會反應在字體上，在調整字的美醜之前，建議先改變想法：「我願意被人看見，我有好觀點想被理解。」

◎解方：「整齊」葉黃素。

字體，通常就是文章給人的第一印象。我常提醒學員：「**不求字體優美，但求版面整齊清潔。**」這是最基本的首要條件。

因此，有些即將上考場的學生，問我要不要練硬筆書法[2]，我都會說：「字漂亮當然會加分，但與其花時間練字，不如把筆畫寫端正整齊、保持版面乾淨就好。」

閱卷老師，跟你有三個「不是」

我常聽到學生憤恨不平的說：「反正作文就是寫得很假掰。」或是「句子寫得囉嗦一點，就會拿高分！」甚至還有第一志願的學生說：「把同一個意思，用五種不同的長句寫下來就對了！」

這些都是錯誤的應考觀念。在寫作文之前，你必須先弄懂自己和閱卷老師之間的關係，為什麼？

閱卷老師與你的關係有三個「不是」：第一、他不是你爸媽，對偷看你的日記或小紙條沒有興趣；第二、他不是你的社群粉絲，不會耐著性子看細節；第三、他不是你的老師或教練，不會試圖在文章中幫你找優點，提升你的能力。

閱卷老師與你的關係是：評判審題是否正確、語文表達能力高低的人。

◎解方：「友好」血清素，預設能讓你自在表達的對象。

我常說：**「作文是一項開心工程。」先開心，後開口**，接著才能意酣筆暢。練習平常心，真誠展現自己，便是最好的修辭。

事實上，許多應試者會將閱卷者設定為：挑我毛病、想為難我的師長、遙不可及的權威者。

其實，人的心念很重要，當你打從心底討厭、恐懼對方時，身體與大腦自然會處在緊戒狀態，這在任何重要考試或表達己見的場合，都可能導致失常。

猶記得學生時期，我是窮緊張大王，國中參加校內作文競賽時，就曾發生格式錯誤的低級失誤——每一段結束，我都在稿紙上空了一行，然後再換行寫下一段。更可怕的是，事後我被閱卷老師問及為何會犯此失誤時，我竟完全不記得這件事，這才恍然大悟都是太緊張的緣故。

但我認為，會緊張是好事，代表你認真、在乎，只不過如果緊張到很常失誤，就必須刻意練習，將緊張的影響程度降到最低。

克服緊張的方法，就是將寫作這件事情，先設定好「對象」：把對方當作你十分信任敬愛的師長或前輩。

2 代表性的書寫工具有鋼筆、中性筆、原子筆和鉛筆等。

以下跟大家分享一個小故事。

我的母親是一位嚴肅、要求極高的人，因此每當面對權威或嚴肅的人或場面時，我很常會突然傻掉，或是因過度緊張而腦袋空白。但在碩博士班階段，我有好幾次與敬愛的師長聊得很自在的經驗。因此，我赫然發現，當我真誠面對師長時，以前讀過的書、經歷過的事，很自然的就能表達出來。

這就是最重要的——態度合宜與自在表達。

你也可以想像日本漫畫《灌籃高手》（*SLAM DUNK*）中的櫻木花道，如果沒有遇上微笑老爹安西教練，就不可能成為籃球場上的王牌球員。

換句話說，**被懂你的人專注聆聽，是最好的對象設定**。

所以在進考場前，先把未來的閱卷者，設定為懂你、理解你、敬愛的師長。因為當你進入放鬆、專注狀態時，大腦會更快搜尋到需要的資訊。

綜合上述，換位思考、能幫助閱卷老師將生理與心理疲憊感降到最低的人，往往是考試與職場的贏家。

2 第一段字數，要像穿迷你裙

很多人寫文章，最痛苦的就是「如何開頭」，但我們以終為始，從閱卷老師的角度來思考，就會發現一切簡單多了。

接下來，我要告訴你，閱卷老師的加分關鍵。

開頭的關鍵之鑰，我將從字數、結構、修辭三個部分，分別說明。

由於網路社群的影響，現代人的閱讀專注力普遍下降，因此，**無論寫什麼類型的文章，第一段都是和迷你裙一樣——越短越好**。

我國高中時，常常等待靈感降臨才下筆，每當靈感一來時，下筆如有神助，但最可怕的是，靈感之神一退駕，我就會陷入以下慘劇：想說的都寫在第一段，接下來沒話說了；或者第一段太長，後面只能硬掰。

後來當上老師，我在批閱語文競賽的卷子時，也曾有市賽選手在第一段寫了近四百字，也就是整張稿紙的三分之二。

但首段寫太長，其實很吃虧，這就好比你到高級餐廳吃套餐，第一道菜竟然是重達十六盎司的戰斧牛排（一般為八盎司）或香料全雞，這不僅沒有開胃的功效，還會直接倒胃口。

因此，**第一段的字數，平均最好落在五十字到一百五十字左右**。

如果是學測國寫測驗，單篇寫作時間約四十五分鐘，篇幅約八百字以下，開頭以五十字到一百字為宜；如果是語文競賽或高普考作文，因寫作時間約九十分鐘，全篇約落在一千兩百字左右，開頭則以一百字到一百五十字為宜。

圖表2-3 常見考試的開頭字數

測驗類型	單篇應考時間	開頭字數
學測國寫	約 45 分鐘	50 字到 100 字
語文競賽或高普考作文	約 90 分鐘	100 字到 150 字

3 絕對過關的三大開頭法

一拿到作文題目，總是急著下筆？

以下為三種最簡單的開頭方法。

一、破題分論法

什麼是破題分論法？

也就是，在第一段直接定義題目的概念與範圍，接著三點分論，先將論點提出來，讓讀者立即知道重點。

一般用在議論文（按：指論述事理、發表意見、提出主張的文體）。

這個方法雖然簡單，卻普遍大量使用在寫作、教學、演講等不同場合。

例如，我在一〇一年全國語文競賽拿下第一名的〈在生命轉彎的地方〉：

生命，是上帝未竟的劇本；轉彎，是劇本中埋伏的高潮，在生命轉彎的地方，是天堂與地獄的分岔口，但憑心之所向，決定此刻將奏響的是凱旋勝利的〈英雄〉交響曲，抑或魅影奪命的〈還魂曲〉？從古至今，聖賢豪傑，莫不於橫逆之中，揚帆而起，御風而行，面對「天地不仁，以萬物為芻狗」的現實衝擊，他們總能「轉境」而未隨「境轉」，此皆歸因於「知變為常」的人生哲理；「轉苦為樂」的人生態度；以及「反逆為順」的人生智慧。

文章一開頭，我就先破題定義題目的關鍵詞：生命和轉彎，接著在段落結尾處，分三點論述：知變為常、轉苦為樂、反逆為順。

但要注意的是，**不管是在商業寫作或官方作文考試，分論法都三點最佳**。相關介紹及進階應用，我將在第三章進一步詳細說明（請見第一二二頁）。

二、情景法＋首尾呼應法

情景法＋首尾呼應法，是最不用動腦的高效開頭法，**通常用在記敘抒情文**。

步驟如下：

步驟一、找出故事發生的地點，描寫最具代表性的景物。

步驟二、開頭與結尾的場景，要在同一個地點。

步驟三、開頭與結尾只需要在時間、心境、動作上有所不同即可。

以下列舉一篇〈花草樹木的氣味記憶〉範文。

看到「花草樹木的氣味記憶」這類題型時，很多人會因為生活經驗不足，硬寫出假掰文。

在這裡，你就可以用情景法＋首尾呼應法。如下頁範文所示，首段場景以黑板樹花扣合題目，並點出場景：教室旁。

猶記每到冬天，教室旁總飄來陣陣臭酸味，有人形容像燒塑膠，有人聞了就噁心想吐，那是黑板樹在開花期的獨特氣味，也是我腦海中揮之不去的記憶。

（首段扣合題目，寫出最具代表性的景物）

——高雄市立高雄女中／呂恩妤

接著，作者提到自己在擔任樂團副首席時，曾因為老師偏袒首席而忌妒對方。每次課堂結束後，當她沮喪的站在走廊時，那白色的黑板樹花、空氣中瀰漫悶悶的酸臭味，彷彿讓自己嗅到了人生百態。同時，亦引用黑板樹汁液具有毒性，卻能作為中藥材，來譬喻人生中的矛盾。

最後一段，場景則又回到教室旁。

每到冬天，教室外仍會傳來黑板樹花的臭酸味，但我不再害怕它的氣味，不再畏縮於黑板樹的陰影下，揉合了傷痛的氣味記憶，如這一體兩面的世界，白天黑夜，陰晴輪轉，成長原是一種逐漸模糊邊界與絕對的過程。

（開頭與結尾，在時間、心境或動作上有所不同）

首段的地點是教室，尾段也是教室；首段的心情是厭惡黑板樹花的氣味，尾段則不再害怕，體悟到酸臭味之外，成長的滋味。亦即，從嗅覺延伸至內心感受。

全文請掃描QR Code。

三、綜合型應用——提問開頭法

當你看到一張這樣的紙，你會想要做什麼？是不是很想打上圈叉、寫字，或是想到數獨的小格子？

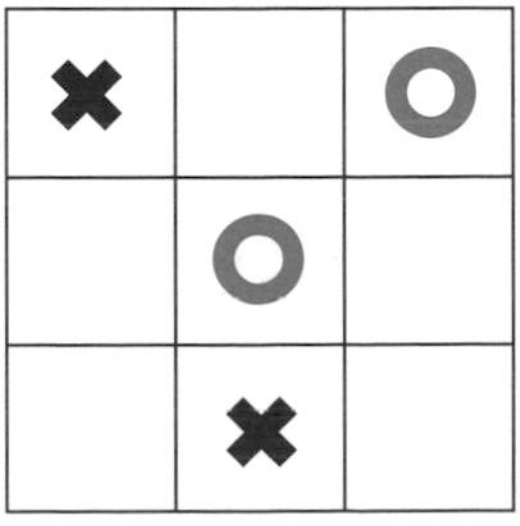

人的大腦很有趣，遇到一張白紙，會自動腦補並聯想到跟自己平常生活、興趣或知識背景相關的事。所以，當你刻

意留白時，讀者很容易就會想填滿。

而轉化成作文用法，最常見的就是：**提問開頭法**。大家看問號這個符號形狀，多麼有意思，就像一個鉤子或織毛線的勾針，勾出讀者的好奇心、專注力、還有想知道答案的「懸念」。

例如林秋離老師寫給歌手阿杜的〈天黑〉，前面八句都是提問，並且用了一個虛實轉換的提問結構：

風若停了雲要怎麼飛（畫面景物）↓**虛**
妳若走了我要怎麼睡（現實人際的相處）↓**實**
心若破了妳要怎麼賠（感受）↓**虛**
莫非妳只是貪玩的蝴蝶（畫面景物）↓**虛**
天都黑了妳在想著誰（現實場景加是誰句法）↓**實**
情都滅了我要怎麼追（感受）↓**虛**
話都說了妳要怎麼退（具體行為）↓**實**

原來妳只會讓我掉眼淚（具體行為）→實

這首歌的前四句，用了「虛實虛虛」的結構提問，後四句用了「實虛實實」的結構提問，聰明的你或許已發現，上下四句剛好可以分為兩組。巧妙的虛實相對，是很高明的提問技法。

轉化到作文運用，大家不要怕寫不出來，最重要的核心元素只有以下三個：

第一、有畫面感的譬喻句。

第二、寫下具體的動作。

第三、抽象的情緒、感受、想法。

以下示範一篇〈美在生活一隅〉的首段：

在平凡的生活裡，美，於何處尋？是苗栗龍騰斷橋畔的桐花五月雪？是池上稻花香裡說豐年的綠波盪漾？還是臺南白河菡萏初醒微笑惺忪的清晨？對我而言

（畫面感譬喻句） **（畫面感譬喻句）** **（畫面感譬喻句）**

生活最美的一隅，是童年回憶裡，我和姊姊玩捉迷藏時，外婆家屋外那片金黃色的油菜花田，白蝶精靈歡樂穿梭其中的——祕密基地。

（具體的動作）

（情緒、感受）

4 中間段落怎麼填，分數才甜？

最常聽到學生說：「老師，我開頭常卡住，如果開頭會寫，後面就順了！」然而，最後往往不是順，而是取材不夠吸引人、文氣鬆散。

在這裡，我想提醒大家，你**應該留更多時間，規畫段落架構與內容**。因為這才是文章的「主菜」，不該只是填滿空格、拉長篇幅，你該想想：「我該怎麼填，分數才會甜？」

以下我將從分段、字數、結構、取材，介紹寫作的關鍵之鑰。

關於段落的分段數，我想先問大家一個問題，如果你今天看到一個題目，當下心想：「我沒特別論點、也沒精準的論據。」這時該分多段，還是少段？

許多人會直覺的回答：「想得多就分多段，沒得寫就分少段！」這樣的思路乍聽之下挺合理的，但在考場實戰策略上，卻必須逆向思考。

這跟得分策略有關，請大家先思考一下以下情境。

如果你今天想吃牛排，某間店只有A5、神戶和牛，而且店內坐位非常少，不訂位是進不去的。相反的，還有一家是複合式自助buffet吃到飽，牛排、海鮮、壽司，各式佳餚任君挑選；雖然食材並非頂級，但生意一樣門庭若市。

為什麼我要舉這個例子？

因為**分段就像開餐廳**，開店的目標是獲得利潤，寫作文的目標則是得到高分，因此都必須先擬定策略，並以終為始逆向思考：在拿到和牛的情況下，賺頂級餐廳的錢，但在拿不到高檔食材的情況下，你也能用非頂級食材，賺進相同業績。

聰明的你或許已經知道分段多寡的答案，那就是：**當你今天很有想法，材料豐富，需要較大的篇幅，分段就少**。相反的，**如果你狀態很差、沒有特別的想法，分段就多**。為什麼？

因為無論你的狀態好壞，目的地只有一個——穩定拿高分。

簡而言之，這兩種分段的取勝點各不同：前者贏在「論點深刻，取材精準」；後者贏在「觀點多元，形式精緻」（見左頁圖表2-4）。

圖表2-4 分段多寡，依取材決定

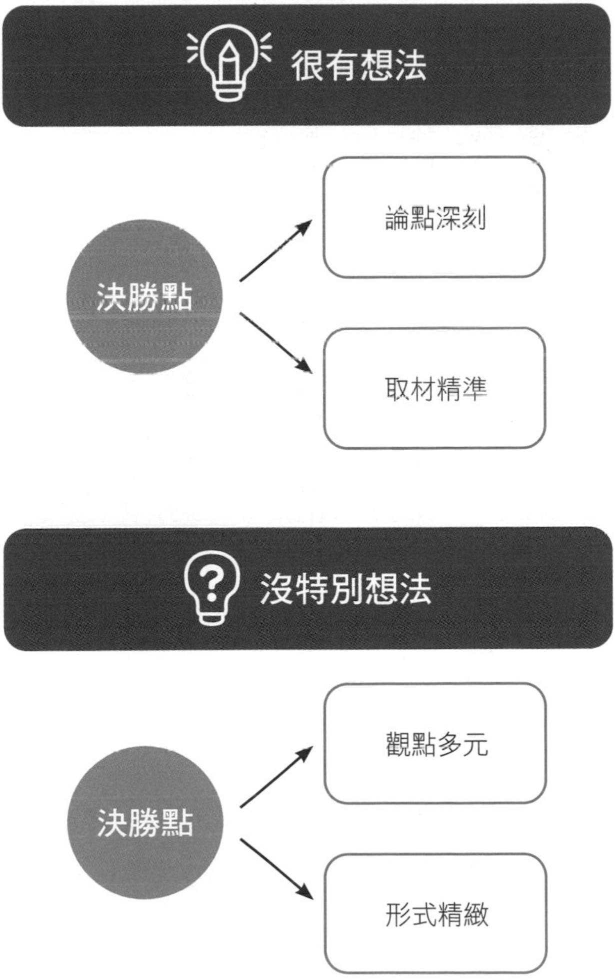

至於取材如何精準、形式如何精緻，我將在第五章進一步詳細說明（請見第二一五頁）。

多少字分一段？

中間段可以分成兩種：第一、過渡段（見左頁圖表2-5）。第二、內容段。

過渡段是指：段與段之間，以很小的篇幅，銜接段落。有點類似電影拍攝手法中的轉場概念，行數大約落在一行到兩行，但由於大多數人不太會運用，且容易造成分段過多、文氣鬆散，所以我不太建議考試時用過渡段。

另一種是**開啟論點，承接說明內容概念的段落**。

這種類型的段落，必須有一定的篇幅，才不會顯得太單薄，因此建議大家**在八百字的學測國寫測驗中，至少超過五行分一段**，閱讀時才會比較有分量。

而語文競賽或高普考作文，因字數約一千字到一千兩百字，至少**過六行分一段**，段落才不會落差太大。

此外，每段字數上限，**無論是國寫測驗或高普考作文，大約都落在兩百五十字**

圖表2-5　過渡段、內容段範例

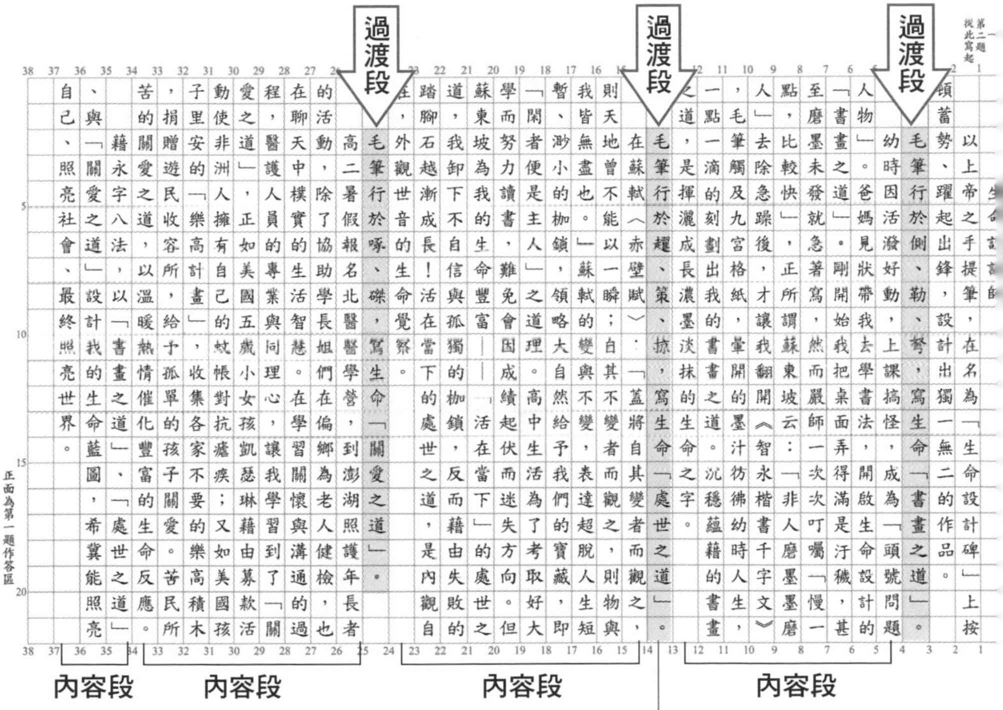

以上帝之手提筆，在名為「生命設計碑」上按頓蓄勢、躍起出鋒，設計出獨一無二的作品。

　　毛筆行於側、勒、弩，寫生命「書畫之道」。

　　幼時因活潑好動，上課搞怪，成為「頭號問題人物」。爸媽見狀帶我去學書法，開啟生命設計的「書畫之道」。剛開始我把桌面弄得滿是汙穢，甚至磨墨未發就急著寫，然而嚴師一次次叮囑「慢一點，比較快」，正所謂蘇東坡云：「非人磨墨墨磨人」去除急躁後，才讓我翻開《智永楷書千字文》，毛筆觸及九宮格紙，暈開的墨汁彷彿幼時人生，一點一滴的刻劃出我的書畫之道。沉穩蘊藉的書畫之道，是揮灑成長濃墨淡抹的生命之字。

　　毛筆行於趯、策、掠，寫生命「處世之道」。

　　在蘇軾〈赤壁賦〉：「蓋將自其變者而觀之，則天地曾不能以一瞬；自其不變者而觀之，則物與我皆無盡也。」蘇軾的變與不變，表達超脫人生短暫、渺小的枷鎖，領略大自然給予我們的寶藏，即「閑者便是主人」之道理。高中生活為了考取好大學而努力讀書，難免會因成績起伏而迷失方向。但蘇東坡為我的生命豐富——「活在當下」的處世之道，我卸下不自信與孤獨的枷鎖，反而藉由失敗的踏腳石越漸成長！活在當下的處世之道，是內觀自在，外觀世音的生命覺察。

　　毛筆行於啄、磔，寫生命「關愛之道」。

　　高二暑假報名北醫醫學營，到澎湖照護年長者的活動，除了協助學長姐們在偏鄉為老人健檢，也在聊天中樸實的生活智慧。在學習關懷與溝通的過程，醫護人員的專業與同理心，讓我學習到了「關愛之道」，正如美國五歲小女孩凱瑟琳藉由募款活動使非洲人擁有自己的蚊帳對抗瘧疾；又如美國孩子里安的「樂高計畫」，收集各家不要的樂高積木，捐贈遊民收容所，給予孤單的孩子關愛。苦民所苦的關愛之道，以溫暖熱情催化豐富的生命反應。

　　藉永字八法，以「書畫之道」、「處世之道」、與「關愛之道」設計我的生命藍圖，希冀能照亮自己、照亮社會、最終照亮世界。

（國立高雄師範大學附屬高中／張晉瑋）

到三百字左右（見圖表2-6）。

切記，請讓你的腦與手休息三秒，因為段落太長，閱讀起來會很吃力，我們應盡量避免文字牆出現。

段落要均衡，不能忽大忽小

大家有跑過馬拉松嗎？我超討厭跑步，如果要參加半程馬拉松（按：四．二公里），我光想像就會忍不住直接躺平。

看著整張空白的考試稿紙，你是不是就和我不想跑馬拉松一樣，連寫都不想寫？

跑馬拉松的朋友曾說，在正式上場前，他們做暖身操的原則就是「由小而大」，這也是近年暢銷書《原子習慣》（*Atomic Habits*）所

圖表2-6 分段行數

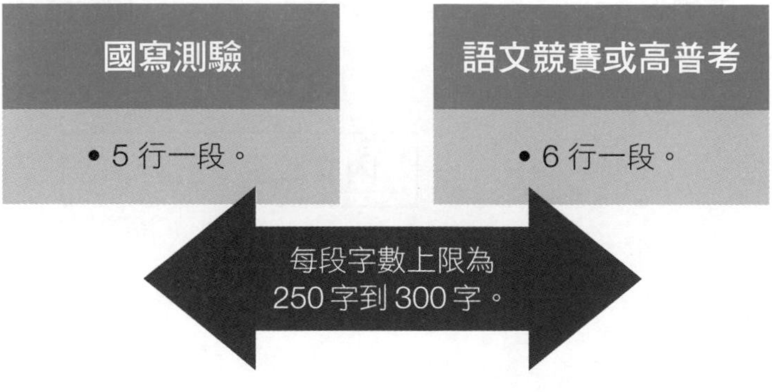
國寫測驗
• 5 行一段。
語文競賽或高普考
• 6 行一段。
每段字數上限為
250 字到 300 字。

提到的概念：「把重要的事情，切割成小單位執行。」

同樣的，格子是寫作的最小單位。請大家把國寫測驗的稿紙三十八行，想像成跑馬拉松的里程數，並翻閱至下頁圖表2-7，感受一下四段式與五段式的差異。

大家發現了嗎？

運用五段式的作文架構，不僅比較容易下筆，藉由鋪陳不同論點的論據，也能讓閱卷者更容易看到文章的廣度與深度。國寫測驗最適合的分段，就是五段式。以前的考試作文，以四段式最為常見，但隨著網路新媒介與載體的創新，人們大都有專注力不集中的問題。因此，我建議大家不妨多加運用五段式。

換句話說，當你下筆的時候，想的不應該是從零到最後一行，而是分區塊思考，包括架構、取材、切入觀點與寫作主旨。先寫好架構，將有助於提升專注力，也有助於你下筆的速度，以及讓思考更縝密。

關於架構，我在第三章會再詳細說明，因此這裡先不談段落方法，但我要提醒大家，**閱卷者的給分關鍵，其實是：段落開展均衡，避免忽大忽小**。

我在大學第一次參加全國語文競賽，指導教授林登順批閱卷子只花了三十秒。當時，我站在老師身後，不經意的看到他伸出雙手，好像在測量段落寬度一樣，然

圖表2-7 四段式和五段式的差異

四段式，發揮難度高

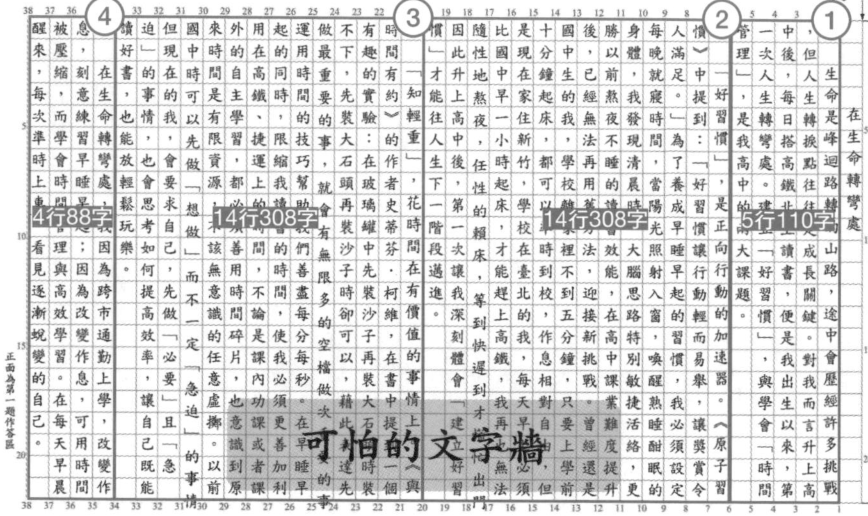

（臺北市立建國高中／許書瑞）

五段式，輕鬆發揮

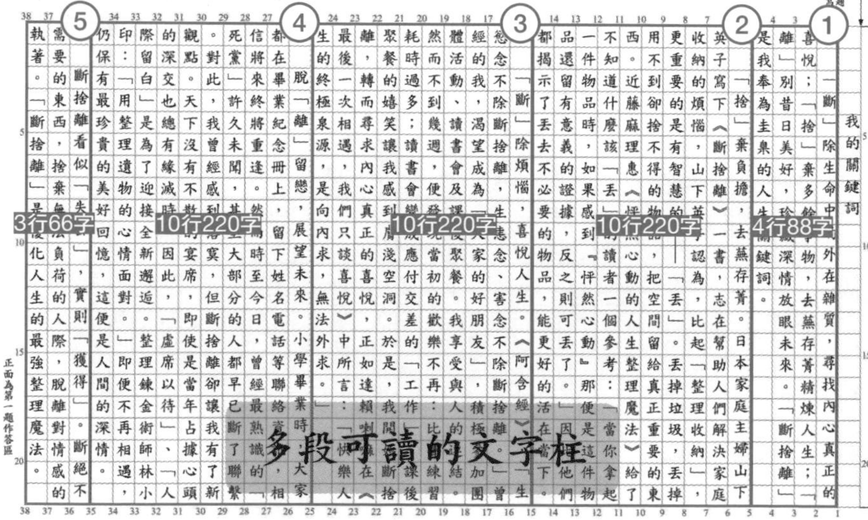

（高雄市立高雄中學／曾翊庭）

後說：「可以啦！段落很平均，回去繼續練習。」

當下我很錯愕，但後來我當老師，看多了高手的文章，才發現很多人只知道在修辭、取材上努力，卻往往忽略了段落均衡。

而這也映證了，魔鬼藏在細節裡，**高手競爭的賽道，往往不是比誰最好，而是比誰犯錯最少**。

5 完美結尾，要呼應開頭

一般人常常開頭想了很久，不知該怎麼下筆，到了結尾又因為沒時間寫，只好草草結束。

其實，**最後一段的寫法，並不是到最後才想，而是要在一開頭就決定**。為什麼？因為結尾最好的寫法，就是**呼應開頭**。這在作文考試時，不僅可以省下思考的時間，而且嚴謹的架構，也能讓閱卷老師讀起來更省力。

除此之外，首尾呼應還可以提高作品的完整性，幫助你拿高分。

以下我將從字數、結構、修辭三個面向，分享寫作關鍵。

結尾五十字到一百字

結尾跟開頭的原理相近——寧短勿長，越短越好，但**字數要比開頭更短一些**。用人體來譬喻就是：頭比腳大一些，而身體的占比則最高。因此，無論是國寫測驗或高普考，作文字數都建議控制在五十字到一百字。

結尾的三種結構

以下介紹最簡單的三種結尾法。

一、議論文——收束重點合論法

在開頭的關鍵之鑰，我曾提到最好用的開頭就是破題分論法（請參見第九十一頁），所以為了呼應，**只要在結尾再提一次每段論點的關鍵詞即可**。

以我全國第一名的〈在生命轉彎的地方〉內文為例：

泰戈爾《新月集》詩云：「當新月知道自己只是望月的碎屑時，或許只會莞爾一笑吧！」當深刻體悟變與常、喜與悲、順與逆時，或許這就是我站在生命轉彎處時，從容自在的神情吧！

在文章中的變與常、喜與悲、順與逆，便是呼應第一段的三組論點關鍵詞：知變為常、轉苦為樂、反逆為順（請見第四十九頁）。

我簡單將關鍵字截取出來，並按照段落開展的次序，填入文字。記得，一定要井然有序，不要更動先後次序，這樣讀者不需要特別思考，就能順著你的原邏輯，一路暢讀到底，最終在你的貼心回顧下，記住文章重點。

這裡有個小祕訣：**結尾務必再次扣題**，將題目關鍵詞再次鑲嵌於行文中。這樣做的好處是，如果資料龐雜，或思路較不縝密的人，有時很容易偏題。但如果**在首段破題——埋下題目關鍵詞，接著尾段扣題再重複一次**，那麼連同段落中出現至少一次，正符合我們常說的：「重要的事情說三遍！」

這種結構便能告訴閱卷者：「我有扣題，沒偏題！」

〈在生命轉彎的地方〉全文。

二、記敘抒情文——情景＋首尾呼應法。

如前面所述，情景＋首尾呼應法，是最簡單有效的開頭法，所以在結尾，只要再次呼應首段的相同情景，搭配上不同時間、動作，或不同心境，便能完成首尾呼應的嚴謹結構。

以下分別摘要〈我的閱讀時光〉一文的首段與最後一段示範。

以攝影為羅盤，照見青春之路；以鏡頭為筆，戰火中的詩人；以暖心之眼，照亮偏鄉。深夜我坐在窗前，微風拂面月光探照，迫不及待翻開攝影師張乾琦回憶錄《消失的地方》，踏上「書福之旅」，以攝影為杖，我閱讀了……。

（同一個情景，換了一個動作——情景首尾呼應法）

相機聚焦了我對世界的認識，對焦夢想發亮的地方。闔上張乾琦攝影師的回憶錄，我看著窗外的星光，又看了書的封面，攝影師的覺察與觀照，那些「消失的地方」都因為他「篤志深行」的行跡，將世間破碎的影像，組裝成完整的作品，這便是屬於我的閱讀時光。

——高雄市立瑞祥高中／郭雯禎

本文的第一段與最後一段，作者都坐在房間的窗前，時間都在夜晚，而第一段翻開回憶錄，最後一段闔上回憶錄，同一個情景，換了一個動作，而中間段的敘述，則是閱讀過程的意識流，這樣的寫法便是情景首尾呼應法。

6 修辭就像一盆花，放玄關最有感

接下來，我想請大家思考一個問題。

如果有位貴賓要登門拜訪，你的預算只夠買一盆花，可以裝飾居家環境，請問你會選擇放在以下哪個地方？

A、入門後第一眼看到的玄關桌上。

B、大廳桌上。

C、你的房間書桌。

D、靠近大門的鞋櫃。

聰明的你，想必已經知道答案了。

這裡的玄關相當於文章的第一段，客廳相當於第二、三段，房間相當於轉折段第四段，廁所不會是最後一段，因為最後一段還是得回到玄關。

有句話說：「錢要花在刀口上。」如果今天你的高檔詞彙量不夠，只能寫出一點點，我強烈建議你：**開頭第一段**，運用你畢生所學的修辭，例如譬喻法、排比、類疊法，**造出三個有修辭的句子**。例如：

妝，有如一道隔閡，使我們變疏離；妝，有如一副面具，偽裝自己瑕疵的一面；妝，有如一抹傷，覆蓋在一層又一層的記憶。臉上的濃妝，象徵的青春活力、象徵著自己的面子，卻也象徵內心懦弱和膽怯。

——國立高雄師範大學附屬高中／張晉瑋

把唯一的花直接擺在玄關桌上，客人進門後，他會感受到你的盛情款待；應用在作文上，閱卷老師也會對你的修辭能力留下記憶，並帶著這個學生文筆還不錯的印象，繼續接下來的閱卷之旅。

而且把修辭放在開頭，還有以下三個好處：

- 一開始時間比較充裕，可先思考如何寫譬喻句或排比句等修辭。
- 運用譬喻法點出題目關鍵詞，能打造畫面感。
- 議論文的說理大都力求清楚簡潔、條理分明，但修辭句的華辭麗藻，很容易與說理互相打架，所以一般人往往很難兼顧說理清晰與辭藻。但如果將修辭句放在開頭與結尾，不僅讓人印象深刻，也能避免資訊龐雜和語意繁複。

7 如果你只背了一句名言？

在開頭，我曾提過運用修辭的概念。而結尾，我們又該怎麼把危機變成考出香噴噴好成績？

首先，假設今天有客人來家裡，但你只有買一份名產的預算，請問你會在什麼時候拿出來分享？

A、一見面入門時立刻給他。

B、吃完正餐後，立刻拿出來當飯後點心。

C、在客人離開時，當伴手禮送他。

答案是C：把僅有的一份名產，當作伴手禮送給對方。因為一進門就送禮，這份喜悅很快會被之後的正餐取代，而吃完正餐後立刻再吃點心，對方可能吃不下，或頂多只是錦上添花。

唯一不浪費資源，讓小配角也能被鎂光燈打亮的機會，就是客人離開時的伴手禮。這份情意會延長到客人離開後，再次品嘗溫習你的善意。

換句話說，如果你只有一句名言錦句，該放在哪裡？

最有效的位置，就是結尾的地方，原因如下：

第一、寫到最後一段時，多數人大都會因為時間緊迫而草草了結，這時你預留的一句名言錦句，恰好派上用場，完全不需要再思考更多內容與細節。

第二、人的記憶很短暫，所以當你結尾用名言錦句時，會讓閱卷者感到「這學生有料」，並對你的文章有好印象。但**如果將唯一的一句放在中間段落或開頭，那就會被淹沒在資訊海中，名言錦句的效果便大打折扣**。

坦白說，我在全國競賽獲得第一名的寫作過程中，因為前面花太多時間思考架構和分類資訊，導致我寫最後一段時，竟然只用了短短不到十秒的時間。從鐘聲響起到考場老師說：「時間到！各位選手請將你手中的筆放下。」我腎上腺素狂飆，竟寫下八十一個字的結尾（見第一一〇頁）。

我是怎麼做到的？

祕訣是：**一開始就預留了泰戈爾的名言佳句，並打算放在結尾**。所以，當時間不夠時，我幾乎完全沒有花費時間思考，而是以心臟快跳出來的「閃靈快手」速度，完成最後一段。

本章重點

- 無論寫什麼類型的文章，第一段都是和迷你裙一樣——越短越好。
- 絕對過關的三大開頭法：破題分論法、情景法＋首尾呼應法、提問開頭法。
- 當你今天很有想法，分段就少；如果沒有特別的想法，分段就多。
- 段落要避免忽大忽小。
- 完美結尾，要呼應開頭，結尾務必再次扣題。

第三章

寫作冠軍都在用的黃金架構

1 先練架構，進步最快

在寫作文之前，你會先寫大綱嗎？

我在指導學員時，發現**進步最快的方法是：先練架構**。

我曾參加過四次全國語文競賽作文組，分別榮獲第三、第六與第一名。當時，我對架構還沒有什麼概念，在高中以前，總以為寫作文是靠靈感，甚至認為不會寫文章的人才需要練架構。

如今回首青春，真的是最佳負面教材。這些無知想法，在重要考試競賽的「照妖鏡」照射下——因時間迫在眉睫，等來的不是靈感，往往是無感。就好像電影《阿凡達》（*Avatar*）裡的靈鳥，如果沒有經過磨合，無法駕馭靈感的下場，就是換來低到谷底的分數。

但是，靈感真的那麼重要嗎？

其實，在作文考試或競賽裡，比起等待靈感，更重要的是：**快速運用架構法重組，這才是考場上得高分核心關鍵**。

架構是讓你能穩定輸出、發揮實力最重要的核心。我常跟學生說：「你不能狀態好時九十五分，不好時五十九分，連及格都沒有。」

換句話說，我們考試不求完美與滿分，但至少要讓自己穩定落在高分區間，八十五分到九十五分，這才是最好的應對策略。

接下來要介紹的三種架構法：合分合法、先反後正法、三段式結構法，雖然都是議論文架構，但其實已足以**應對國寫測驗的短**（四行內）、**中**（十九行內）、**長文**（六百字以上）、**語文競賽與高考作文的題型；同時也是職場寫作最好用的三種架構**。

2 合分合法，容易拿高分

關於架構，其實我是從自己的經驗歸納分析出來的。

在我參加四次全國賽的經驗中，分別用了四種不同的架構。唯一沒有得獎的一次，是因為當年我剛好參加文學獎，以自訂題「畫房子」獲得佳作，而後我參加全國語文競賽，題目恰巧也是——「家」。我看到題目喜出望外，於是將原本近三千字的散文，濃縮為兩千字的內容。

結果，那一年我只得第十二名，歷年最差的成績。

後來，我忍不住跑去問全國賽的培訓教練，他只淡淡的說：「語文競賽，寫散文就不會得獎。」那一刻我才知道，**不是文章寫不好，而是沒搞清楚比賽的內容與方向**。

原來，我不是輸給遣詞造句，而是輸給搞不清楚遊戲規則。

而這一節要教的架構法，便是我得到全國第一後，為了準備教材，先分析自己的文章架構，再比對歷屆全國第一名作品，所得出的結果。

全國第一名的架構，最常出現的就是：合分合法＋主題句＋關鍵詞。而且，適用於所有官方考試與競賽作文，以及商業寫作。

架構如下（見下頁圖表3-1）：

開頭：先破題，點出論點A、B、C。
第二段：論點A。
第三段：論點B。
第四段：論點C。
第五段：再次收束前面三個論點合論。

這個黃金架構是分論法的應用，扣掉開頭和結尾，中間正好可以分論成三點（篇幅較長亦可分四點）。

另外值得一提的是，近年的會考與學測作文，因應社群媒體與影音盛行的關係，在評分標準上也有所鬆綁。

大考中心所選出的示範卷，其中也有以散文體或較多對話內容的書寫方式。

但根據我的經驗，散文體和對話要拿高分，寫作者通常本身都是擅長寫作或有豐富經歷的人，因此本書提供有規則可學，並且較能穩定拿高分的架構法。

以下試舉最常出場的題目「我最想感謝的人」為例，分享一篇學生範文，加以說明。

圖表3-1 合分合法

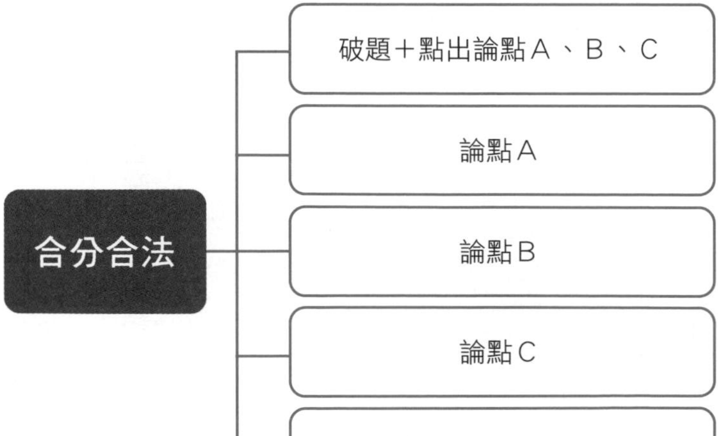

〈我最想感謝的人〉

有一個人，是位騎重機、騎公路車、騎上武嶺險坡，帥氣無比的騎士，但為了女兒，可以化身為Ⓐ裁縫師、Ⓑ迪士尼公主、Ⓒ粉紅少女心大廚、Ⓓ童話世界設計師，他是我最感謝的人——我的帥爸爸。

↓合論，點出四種論點。破題，點出感謝的對象是爸爸。

我的爸爸，是Ⓐ巧手裁縫師。還記得剛進幼兒園，我有很嚴重的分離焦慮症，上學第一天，一把鼻涕、一把眼淚的走進校園。爸爸在第二天早上，當我要進校門前，給我一個長得像「艾莎」的手工娃娃，她被裝在一個可愛的小袋子裡，雖然有點醜，卻充滿了愛，爸爸說：「假如妳想哭，就抱抱娃娃，她就是我的分身喔！」幾年後，我想起那個醜娃娃，媽媽對我說：「那是妳爸熬夜做出來的唷！」爸爸，你就是我最珍愛的大玩偶！

↓**分論一。**

我的爸爸，心裡住著一位Ⓑ迪士尼公主。某一天，我收到一份神祕禮物，粉紅色盒子、金色蝴蝶結，格外引人注目。當我準備打開盒子時，卻忍不住大笑，裡面竟然是一條「俗又有力」的粉紅色蓬蓬裙！這個禮物是我爸爸送的，很不可思議吧！粉紅色裙子上有一個大大的桃色蝴蝶結在腰部，裙襬上的亮片閃閃發亮，衣服上的花朵是立體蕾絲，我彷彿化身成一隻花蝴蝶！雖然我是女生，卻沒有公主夢。那一次，我終於知道，原來爸爸內心深處，是一位迪士尼公主！

↓**分論二。**

我的爸爸，是Ⓒ粉紅少女心大廚。「妳想吃什麼？」「我不知道。」當別人的爸爸聽到這種回答時，也許會去買便當、牛肉麵，但我的爸爸卻走進廚房，拿起蝴蝶麵、白醬和紅醬、杏鮑菇等材料。首先他煮開熱水，放下義大利麵，再拿一個鍋子，把紅醬、白醬和杏鮑菇丁放進去煮，最後把蝴蝶麵放入盤子中，淋上「粉紅醬」。那一刻，我終於知道，原來公主都吃「粉紅義大利麵」。

↓分論三。

我的爸爸，是Ⓓ童話世界設計師。記得那一天，當我走進熟悉的房間時，卻被眼前場景，嚇到說不出話！打開房門，映入眼簾的，是粉紅色紗布製成的蚊帳，掛在粉紅色小床上方，房間彷彿充滿了粉紅泡泡，整群向我衝過來，簇擁著我，步入被少女心包圍的童話城堡，床單上的獨角獸動了起來，粉色紗布掛在帳篷上，小夜燈亮了起來，一絲絲微光落在枕頭上。那一天，我終於知道，原來公主的房間長這樣！

↓分論四。

感謝您，為膽小畏怯的女兒，化身為Ⓐ「巧手裁縫師」；感謝您，為女兒精選禮物化身為Ⓑ「迪士尼公主」；感謝您，為飢腸轆轆的女兒，化身為Ⓒ「粉紅少女心大廚」；感謝您，怕女兒被蚊叮咬，化身為Ⓓ「童話世界設計師」，感謝的話此生難盡，爸爸！能讓我預訂下輩子當您的女兒嗎？

↓合論，再次點出四個論點，並且加引號強調。

——高雄市立陽明國中／李嘉媗

合分合法還可以運用在申請學校時的多元表現綜整心得。該份資料的字數要求約八百字，以下舉例讓大家參考：

「生物研究」對我而言，是一趟窮究真理的旅程；「生活體驗」對我而言，是一場探究生命的冒險，高中三年的多元表現，讓我在「生物研究」、「物理競賽」、「語言學習」、「象棋教學」還有「公益講座」等五個面向，猶如奧運五環，均衡發展。

↓開頭合論。

第一環：「生物研究」。

高一時我參加六校聯合開設的生物相關微課程，以及報考中山大學生物課程。課程中我涉獵到分子生物與環境學。最後根據所學，與自身被腎結石所苦的經驗，做了一篇腎結石相關的自主學習計畫。

第二環：「物理競賽」。

物理競賽營是兩天講座與手作實驗兼具的營隊，第一天學習 Tracker（分析物體運動）及繪圖軟體 SciDAVis 的使用，了解三用電表、麵包板的使用方法。進去後才知道報告主題侷限在物理，但與主辦單位溝通後，他們同意以原本生物題材報告，我們小組拿到了A組第二的成績，這讓我學會危機處理、向上溝通和同儕間的平行管理。

第三環：「語言學習」。

為了看懂生物相關原文書，從 YouTube 影片之中學習英文，來增進我的英文聽讀，並考到多益金色證照，也學習閱讀國際期刊論文。

競賽的部分，我參加了紫檀花文藝季，這是小組競賽，我與同學完成英詩相關的創作，榮獲佳作與最佳人氣獎，不僅增進我的英文創作能力，也使我溝通協調能力進步。

第四環：「象棋教學」。

在象棋社中，我擔任教學股長，為了教好同學象棋相關的知識，我使用象棋巫師學習，增進我的開局及中盤、殘局能力，最後我也順利向全社完成授課。

第五環：「公益講座」。

知識貝果線上公益講座是由九位高中生討論企劃，想用知識的力量做有益於社會的「利他」活動，因此決定大家根據自己的專長，與未來職涯相關的主題書籍，以線上講座的形式，結合公益捐款，推己及人共募得兩萬兩千六百元。長庚志工是在高一暑假參與、十二小時的志工服務，看到了醫院中許多老年人身受疾病所苦，更苦的是，陪伴的大多是看護而非妻小，這讓我思考老年醫學與長照的未來議題。

↓段落分論五點。

高中三年，我蒐集到「學習五環」，期許自己以運動家精神，持續在學習之路上邁進。

↓結尾合論。

——高雄市立高雄中學／趙記康

小試身手

試將以下題目，運用三點分論，表達自己的觀點。

●貼標籤（一一三年學測）

分論一：

分論二：

分論三：

●在這樣的傳統習俗裡，我看見（一〇六年國中會考）

分論一：

分論二：

分論三：

●成為更好的自己（一一二年全國語文競賽高中組）

分論一：

分論二：

分論三：

3 先反後正法，讀起來最有感

大家很常聽到正反立論，俗稱「正反法」。

意即先提出正面（或贊同）的觀點，再提出反面（或反對）的觀點，先運用正向一般性的思考，再用逆向思考，以探討事件的差異。

然而，**在實際寫作時，先正後反並不好開展，而且效果也比較差。**

原因有三點：

①寫作逃不了人性，缺點、負面更能加快思考

我很常請學生在三十秒內，寫出媽媽有哪些優點？接著，再寫出缺點。你猜猜看，實驗結果如何？

缺點的數量，遠多於優點的數量。換句話說，**當你從缺點或負面的例子開始發想，大腦暖機的速度比較快**，在考場上就能爭取更多時間。

②負例吸睛，刺激讀者更有感

以下分享一個有趣的小故事。

我大學時代有位國立成功大學的學伴[1]，有一次，我們在ＭＳＮ[2]聊天，他說：「我們來做個小測驗，在十分鐘內，寫下對方的優缺點。」

結果，我寫了一長串像湯姆熊彩票一樣的優點，缺點只寫了兩個。但是，理科男寫了一長串的缺點。最後，我因為心理不平衡，還忍不住抱怨起來。只見他接著說：「因為優點，我要留著慢慢說給妳聽。」

這一段青春，啟發了我一件事——理工男學伴雖然不擅長寫作文，卻很懂人性與表達。他先說缺點，也就是負面例子，讓聽的人情緒低落，接著話鋒一轉，只講一、兩個優點，引發懸念。

這種**先反例、後正例**，或先說微不足道的小缺點，再說對方優點的具體內容，**也適用於許多溝通技巧或簡報**。

③先提問題，後提解方

先反後正的另一個邏輯，是先提出問題，後提出解決方法。當你將問題聚焦歸納，下一段則依照問題提出的次序，寫出相應的解決之道。因為順著邏輯思考，文章就會有條理，下筆速度也會較快。

接下來，我將以「成為更好的自己」為例，示範先反後正的萬用公式（見下頁圖表3-2）。

步驟一、破題。

許多人會把「成為更好的自己」當作自我勉勵的話，然而我認為更好的說法應該是「更好的成為自己。」

---

1 大學學伴，指除了就讀的系所，還能認識其他科系的同學。

2 Windows Live Messenger，簡寫WLM，也就是MSN。微軟於一九九九年開發的即時通訊軟體，已於二〇一三年結束服務。

圖表3-2 先反後正公式

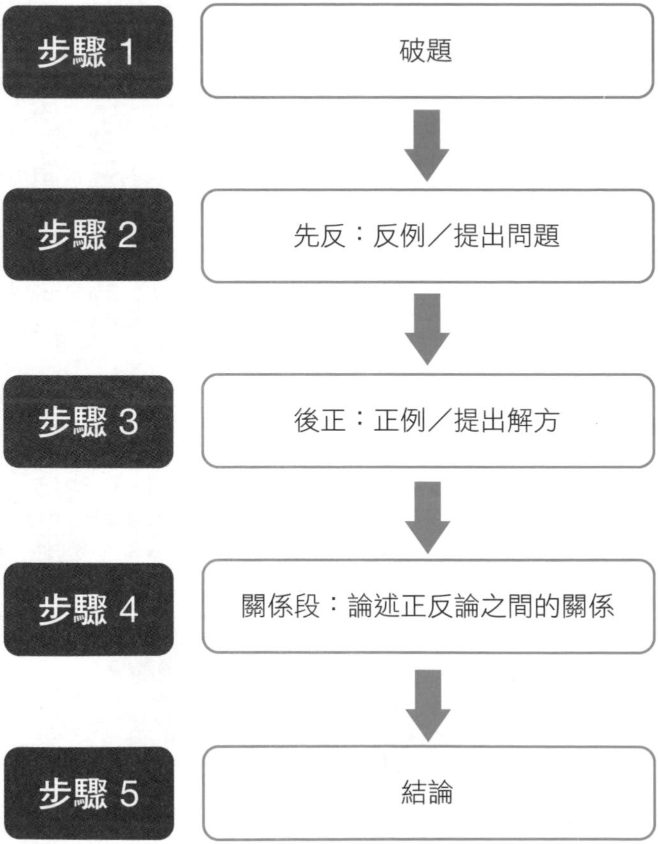
步驟 1
破題
步驟 2
先反：反例／提出問題
步驟 3
後正：正例／提出解方
步驟 4
關係段：論述正反論之間的關係
步驟 5
結論

步驟二、先反：反例／提出問題。

- 反例：欠缺人生目標、社交能力差、原生家庭的認知侷限，是我成長路上的三顆絆腳石。
- 提出問題：在成長的路上，有哪些絆腳石阻礙你更好的成為自己？

步驟三、後正：正例／提出解方。

- 正例：《內在原力》作者愛瑞克、《不是我人脈廣，只是我對人好》作者吳家德、《人生路引》作者楊斯棓。
- 提出解方：良師益友是靈魂的後天混血、學習溝通與利他精神、廣泛閱讀是最佳人生路引。

步驟四、關係段：論述正反論之間的關係。

知名講師火星爺爺ＴＥＤ演講「向沒有借東西」，告訴我們，人生的「沒有」都是一份禮物，正因為匱乏才引發我深刻思考，在尋找答案的過程中，自我提升進而成為更好的自己。

步驟五、結論。

成為更好的自己，不是嫌棄眼前的自己，追求一個遙不可及的遠大目標，而是專注的活在當下，做此時此刻最好的自己，那便能——「更好的成為自己」。

以下再列舉一〇八年學測國寫測驗，針對「中、小學校園禁止含糖飲料」，示範如何闡述自己的立場。

根據上述圖文所示，我「贊成中、小學校園禁止含糖飲料」。

↓第一段，直接破題，表明所選擇的立場。

雖然禁止在校飲用或販售含糖飲料，可能有以下三點阻力：第一、有違學生「生理」與「心理」上的「本能需求」。第二、有人「陽奉陰違」用環保杯或水壺偷裝含糖飲料，滿足口腹之欲。第三、越禁止越想喝，產生反效果。但我仍然贊成「禁止」含糖飲料進校園，其理由如下。

↓第二段，先用反例，說明禁止含糖飲料，可能會有的阻力。運用三點分論，說明阻力的具體內容。

首先，「環境形塑行為」。環境能形塑學童的行為發展，因此導正不當飲用含糖飲料的習慣，學校是孩子在家庭之外的最後一道防線。再者，「量化產生質變」。校園環境中含糖飲料的誘因被移除，「原子習慣」從微小處反覆相同行為多次而養成，因此在「選擇判斷」的關鍵時刻，能提高不選含糖飲料的意願。最後，「創造無糖好飲替代方案」。學校能販售健康無糖又好喝的飲料產品，並宣導避免喝含糖飲料對學童最在乎的「長高」、「健腦」能有強大助益。

↓第三段，分論說明禁止含糖飲料的原因，與可行之做法。運用首先、再者、最後的序數詞，讓論點井然有序，而序數詞後直接寫逗點，後面接關鍵詞，並且用上下引號強調重點。

「防微杜漸」，不因惡小而為之，莫因善小而不為，學童健康是國家未來競爭力，因此我贊成禁止含糖飲料進校園。

↓結尾段，重申反對含糖飲料進校園的核心概念，並且再次表明立場：

「我贊成禁止含糖飲料進校園。」

4 選一個立場，說服人

先反後正法的進階應用，便是「立場說服法」。

在國寫測驗第一題中，經常會要求你必須選邊站、表明立場。而這時，很多人都會陷入困擾：「我覺得A說得有道理，但B也不全然都是錯！**如果我只能選一邊，可是寫不了多少，就沒話說了，該怎麼辦？**」

而另一個盲點則是：「我兩邊都贊成，這樣就不會沒得寫。」但這類型的寫法要小心被判偏題。**如果題目有明確的點出，要二選一，你就得選定一個立場**。

接下來，請看立場說服法的公式（見下頁圖表3-3）。

步驟一、表明立場選邊站。例如：選A反對B。

步驟二、先小褒B，後大貶B（先禮後兵）。

圖表3-3 立場說服法

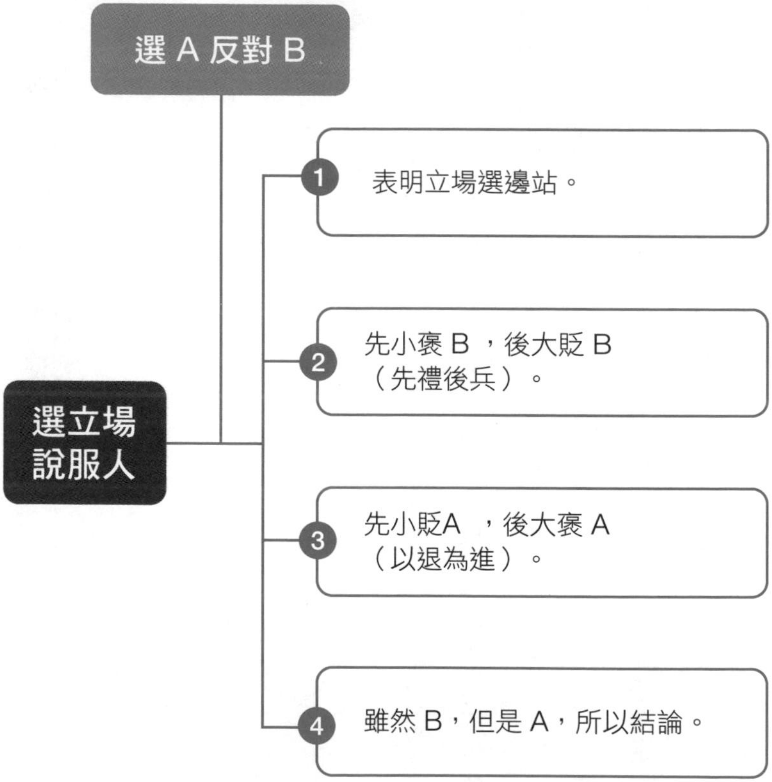
選 A 反對 B
選立場
說服人
1 表明立場選邊站。
2 先小褒 B ，後大貶 B
（先禮後兵）。
3 先小貶A ，後大褒 A
（以退為進）。
4 雖然 B，但是 A，所以結論。

步驟三、先小貶A，後大褒A（以退為進）。
步驟四、雖然B，但是A，所以結論。
以下用一〇九年學測國寫測驗第一題的第二小題，來分析示範。
題目如下：玩具對你而言，較偏向「玩物喪志」或「玩物養志」？

在我成長過程中，「玩具」象徵「愛與陪伴」，❶因此對我而言是「玩物養志」，而非「玩物喪志」。

↓第一段破題，表明立場選A（玩物養志）。

「玩具」並無好壞之分，差別在於玩者的態度與原則。❷玩具滿足人類探索與創造的欲望，❸但也有人沉溺電競遊戲荒廢學業，蒐集模型成癮豪擲千金，玩真槍實彈身陷囹圄。然而，這只是極端的負面例子，不足以抹滅玩具帶來的正面價值。

↓第二段，先小褒B（玩物喪志），後大貶B。

❹「玩物」雖然費時，卻能陶冶性情，❺我分享兩個故事：第一、「紙娃娃」教會我美的創造。母親很擅長畫畫，因此我的紙娃娃是她親手繪製，有時裝也有古裝，母親曾夢想成為服裝設計師，在她筆下的線條與和諧的配色中，為我上了人生第一堂色彩學。第二、「捏陶土」教會我不畏失敗。我喜歡在有溫度的觸覺下，搓揉創造出各種形狀的陶土，而最吸引我的是「做不好沒關係，再試一次」，在反覆試誤下，趨近心中完美形狀，組合後再上釉，經過高溫窯燒的歷練完成作品，特別有成就感。

↓第三段，先小貶A（玩物養志），後大褒A（全文核心）。

❻雖然「玩物」可能溺人心志，但是若能自律有度則不懼，所以玩物養志是陶鑄性情的利器。

↓運用「雖然……但是……所以」句型做結論。

範文解析：

❶第一段的重點，只需要表明立場選A即可。

❷～❸第二段，先針對B（不選的那一邊），寫少許的優點，再寫最嚴重或大量的缺點。

❹～❺第三段，針對A，先寫少許缺點，再寫最重要或大量的優點。

❻第四段，運用「雖然……但是……所以」做結論，做出思考的轉折與層次感。

以上方法，是在你閱讀文本時，陷入甲方有理、乙方似乎也有理的情況下，可以選擇較多想法的那一方，然後開展論述。如此一來，就可以兩方都有論及，增加文章的篇幅，但又符合必須選邊站的前提。

但要注意，不管是優點的重要性還是數量，**你選擇的立場方必須超過反方的論述內容與篇幅，這樣才不會喧賓奪主**。

當然，如果你對選擇的一方有很多想法，也可以不用上面的公式，而改用分論法，中間段分三點論述。例如：

玩具，能培養孩子「學習規則」、「跳脫框架」、「有大局觀」，以下分享在我成長過程中三個「玩物養志」的經驗。

↓首段破題，表明立場選邊站，接著以合分合法，先點出本文三個重點：學習規則、跳脫框架、有大局觀。

「拼圖」，讓我學會「按部就班，有條不紊」。先找出邊框，接著從每一片拼圖邊緣的圖像，尋找能組合起來的蛛絲馬跡。一片片、一步步，拼出梵谷〈向日葵〉、高更《月亮與六便士》，還有幾米《布瓜的世界》，希望有一天也能拼湊出我夢想的藍圖。

「樂高」，讓我學會「脫離框架，創意思考」。除了依照說明書的內容逐步組合外，我更喜歡依靠想像力，將積木堆疊成喜愛的模樣。當我組裝出《怪獸與牠們的產地》中「紐特的皮箱」時，我沉浸在作品從設計圖，經由實作化為具體作品的成就感中。

「西洋棋」，讓我學會「綜觀全局，化解劣勢」。在棋局中，開局是關鍵，選用棋譜中「后翼棄兵」或是「西西里防禦」不同的開局方式，將影響整個局勢的走向。每一步都須謹慎小心，仔細計算可能的風險，找出突破對手防線的盲點，同時也須防範對方攻勢。

↓中間三段運用分論法，並以關鍵詞開頭，搭配主題句。三點分論，每段內容都鑲嵌了與玩具相關的專有名詞，例如拼圖畫名、樂高作品名，以及西洋棋開局的術語，這些都可以增加經驗的真實性與說服力。

玩具，創造模擬人生的虛擬實境，樂而有度的玩，是修練人生態度最好的方法；玩具，涵養了我的「自律力」、「創造力」與「思考力」。

——桃園市立武陵高中／呂喬慈

↓用「合論」總括前面三段重點做結論，並將「玩物」與「養」等題目關鍵詞再次扣題。

小試身手

玩具對你而言，較偏向玩物喪志或玩物養志？

5 簡答題，寫引論、申論、結論

簡答題在國寫測驗，以及國家高考、特考中都會出現。

新式國寫測驗中的第一題，通常會分成兩小題：

- 第一小題四行或七行（占四分或七分）。
- 第二小題則以十九行為字數上限（占十八分）。

而高考與地方特考，目前新式作文分為短文寫作（四百字為限，占二十分）與作文（字數不設上限，占六十分），短文寫作則歸類在短題結構。

簡答題的寫作方式，與長篇作文不同，在四行、七行、十九行的有限篇幅中，

如何正確審題，精準寫出關鍵詞句、條理分明的架構、並快速點明論點，是獲得高分的關鍵。

很多人在寫簡答題時，以為比較容易拿分，但往往花費許多篇幅在摘要題目內文，而忽略了自己的觀點。然而，這並不符合簡答題題型設計的初衷：截取文章關鍵詞加上觀點，最後下結論。

在這裡，我建議大家運用**三段式結構法，來寫簡答題**（見左頁圖3-4）。

- **引論**：截取關鍵詞或關鍵句，並根據題目所需，簡述內容概要。內容約占四分之一。
- **申論**：分點論述，可三點分論，或正反立論，接著加以說明原因。內容約占四分之二或五分之三。
- **結論**：歸納重點，再次表明立場。內容約占四分之一。

接下來，我將依據引論、申論、結論，個別說明如何完成作文。以下列舉一〇六年（試辦）國寫測驗試題，這題有四則文本，以下截取三則文本示範。

圖表3-4 三段式結構法

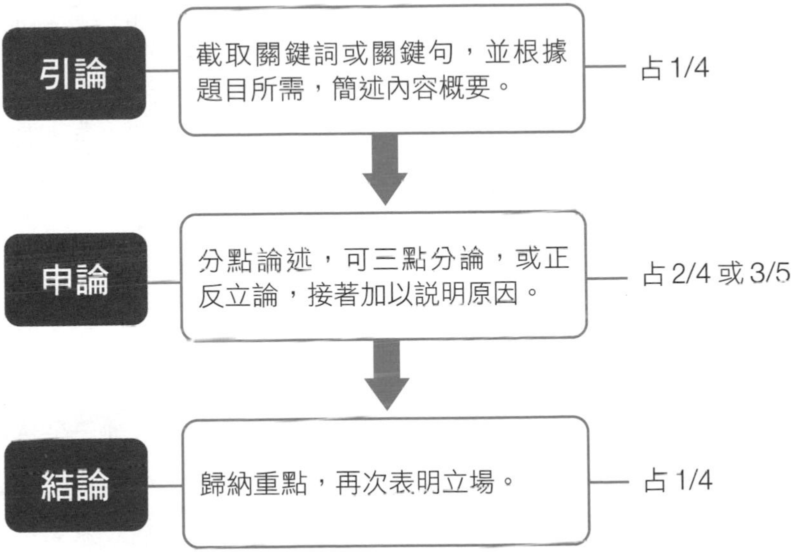
引論
截取關鍵詞或關鍵句，並根據題目所需，簡述內容概要。
占 1/4
申論
分點論述，可三點分論，或正反立論，接著加以說明原因。
占 2/4 或 3/5
結論
歸納重點，再次表明立場。
占 1/4

人們行事往往有其原因或目的，例如積極援助國際難民的行為，政治人物有可能是迫於民意與輿論壓力不得不然；企業家有可能是為了博取好名聲而慷慨解囊、捐助大筆經費；教徒有可能是受到宗教信仰的影響因此主動救援。一件表面上看來是單純援助難民的行為，背後卻有各式各樣的緣由。

請仔細閱讀以下四則事例，一一分析馮諼、朱家、士紳、廠商他們行為背後的原因或目的，然後分別加以評論。

注意：請以條列方式分別作答，四則事例每一則皆須分析、評論。

1.《戰國策．齊策》中記載馮諼為孟嘗君收責（債）於薛，使吏召諸民當償者，悉來合券。券遍合，起矯命（假稱奉孟嘗君之命）以責（債）賜諸民，因燒其券，民稱萬歲。後齊王廢孟嘗君，孟嘗君就國於薛，未至百里，民扶老攜幼，迎君道中。

一、引論

引論的公式如下：

第一段　引論

引論：點出關鍵詞或關鍵句，簡述內容大要。

根據文本／上述可分為（數字）
- **點，加以說明（淺）**
- **面向加以論述（淺）：**
- **層次加以評析（深）**

「門客」馮諼，自告奮勇為孟嘗君至薛收債，最終以「起矯命」、「燒債券」之舉，換得「民稱萬歲」的結果。根據上述可分為三個面向加以論述：為己，展現膽識；為君，擄獲民心；為民，除債安家。雖越俎代庖，名不正，言不順，但三方得利的圓滿局面，使得馮諼雖出於「利君」，而後「利己」之目的，但以「利民」之手段達成。我認為此乃善觀局勢，善解人情，善行互利之策士「善計」。

劃線的部分，即是引論。在這個題目中，因為要探討人行為背後的原因或目的，因此人的身分會決定他的立場與態度，進而影響行為結果。

首段破題「門客」，點出身分立場。門客為孟嘗君至薛收債，是事件發生的背景，起矯命、燒債券則是故事情節中不合常理之處。**大家在抓關鍵詞時，請特別留意動詞，還有不合常理、矛盾衝突的詞句，那往往是進一步探討原因的關鍵入口。**

另外，在答題時，分類能讓文章更有層次。例如，以孟嘗君、馮諼、薛地百姓三者立場來分類，撰寫時就能個別論述，精細而有層次。

二、申論

申論的公式如下：

第二段 申論	
首先，用關鍵詞寫論點，簡要說明。	
舉例（若為圖表題，可舉數據）	首先，再者、然後、最後。 第一、第二、第三。

以一〇六年（試辦）國寫測驗試題，第四則為例：

某品牌鞋子廠商以「賣一捐一」的方式銷售產品：廠商每賣出一雙，就捐一雙給需要的人。

廠商以「賣一捐一」為吸引消費者的行銷手法，雖冒成本過高的風險，但其動機與手段，仍利多於弊。以下從二個面向加以評析：首先，文案中賣「一」捐「一」，兩字極簡，卻含藏複雜的「商業算計」。業者保留「詮釋權」，以便權衡利弊，隨時更換價值合於成本考量的商品。再者，「賣一」為其核心目的，「捐一」為其手段。前者為商業行為，後者卻貌似公益行為，但實為銷售手段。在此策略下，成全供應商名利雙收，滿足消費者買鞋行善，贊助貧困者免費受益。最後，在「利」的角度，三方共利，是為圓滿；在「善」的角度，卻是一種人為造作的「偽善」。因此我認可這種三贏的做法。

劃線的地方即為申論，簡答題中的主論述，至少占全文篇幅四分之三或五分之三以上。

這篇是商業文案，在極短的篇幅中，卻暗藏許多商業思維的運作。大家可以特別留意與思考以下三點：

①同字不同義的區別性

這題「賣一捐一」的「一」字，是極簡單卻巧妙的安排，「賣一」的一，是指一雙限量版名牌鞋？還是一雙印有LOGO的藍白拖鞋？

「捐一」的一，也是相同的概念，**數量詞後面欠缺具體明確的物品**。此時，就應該停下來思考有哪些可能性。

②注意關鍵名詞前「缺席」的形容詞

形容詞有指定與限縮範圍的功能，名詞前面如果沒有形容詞，代表沒有限定範圍，因此在詮釋時大都是廣義的概念。

③未被定義的詞，都可以進一步申論

文中「需要的人」，一般可能會想到清寒或弱勢族群，但在這則短文中，因為沒有進一步的定義，所以也有可能是整面牆都是限量鞋，卻總覺得少一雙的「時尚蜈蚣人」。

三、結論

以一〇六年（試辦）國寫測驗試題，第三則為例：

> 第三段　**結論**
>
> **結論：提出己見，評論事件。**
> **雖然……（反論，與你觀點相反），但是……（正論，你自己的觀點），所以……（結論）。**

一九一二年，搭載三千多人的巨型郵輪鐵達尼號撞上冰山，在沉船的危急時刻，儘管救生艇數量有限，士紳仍協助婦孺優先搭乘逃生，並未爭先恐後自顧逃命。

「士紳」，是有錢、有名望、有文化，有社會影響力的人。鐵達尼號沉沒之際，士紳在生死關頭，捨身救人，其背後原因可分兩面向探討：一、「品德高尚，真心救人」。思想決定行為，危難之際，真誠信念使之犧牲小我，成就大愛。二、「名譽至上，違心救人」。在社會觀感壓力下，寧願留下崇高的美名，也不願留下苟且偷生的汙名。**雖然**士紳捨身救人可能非出於真心，**但是**有社會影響力的人做出利他優先的行為，對社會仍有正向影響，**所以**無論他初衷為何，都依舊令人欽佩。

劃線的地方，即結論的部分。簡答題的結論，只要做到重申立場，歸納論點即可。**運用「雖然……但是……所以……」的句法，可以從正反立論做出轉折，最後**

再下結論，讀起來比較有層次感。

本章重點

- 寫作冠軍都在用的黃金架構：合分合法、先反後正法、立場説服法、三段式結構法。

第四章

遇到沒感覺的題目，怎麼辦？

1 SPEAK法則，三情也煽情

很多人看到題目時會說：「我就沒感覺，是要寫什麼？」在忙碌的生活中，人們常常用理性思考一件事，因此這些複雜的感覺與情緒，通常只有在夜深人靜時，才會浮現出來。

問題來了，考試不會在夜深人靜時，也不會給你時間醞釀，因此我們必須刻意練習寫作。

在這一章，就讓我們運用「SPEAK法則」，教你在面對感性題型時，如何將感受轉化為文字，並運用抒情文與清晰的架構拿下高分。

三情要素

我常跟學生說：「**情境就像一間房子的空間，情節就像隔間，而情緒就像光線。**」

要寫出一篇精采動人的作文，一定要有三情要素，那就是引人入勝的「情境」、轉折勾人的「情節」、最後引發共感的「情緒」。

而這裡的SPEAK法則，除了三情要素的情境（Situation）、情節（Plot）、情緒（Emotion），還有：態度（Attitude）、針織（Knit）。

接下來，我會逐一介紹方法與實例，帶你一步步練習如何將情緒轉換為文字。

圖表4-1　SPEAK法則

運用SPEAK法則，有感輸出。				
S Situation	**P** Plot	**E** Emotion	**A** Attitude	**K** Knit
情境	情節	情緒	態度	針織

2 寫三個到五個關鍵詞

假設你是一位導演，要拍一個故事，底下還有一群演員，首先要做什麼？

首要條件就是：建構「場景」。

作文的場景，不像小說或散文那般複雜，因為鋪陳的篇幅並不大，因此**只要掌握代表性的關鍵詞，就可以達到很好的效果**。

不過，由於每個人的生活經驗不盡相同，所以**在敘述一件事情時，最好能提供至少三個到五個代表性資訊的關鍵詞**。如此一來，在閱讀者的腦海裡，便很容易根據具體的關鍵詞，產生自動聯想。

例如：當你寫到「阿里山」，會讓人聯想到「奮起湖火車」；當你寫到「東港」，則會想到「黑鮪魚」。像這樣，藉由關鍵字，我們可以引導讀者做更多直覺聯想。

這是我在林秋離老師歌詞創作課，所得到的重要啟發——文字不該只是一種靜態思考，而是能讓對方理解與感受。大家不妨試著回想在聽歌時，是否也有類似的體驗？

接下來我要用一張圖表，教大家預先準備好寫作場景裡的實詞（按：指有實際意義的詞類），叫做「臺灣關鍵詞表」。

如下頁圖表4-2所示，這張表格以四季劃分，而主題對應的分類，則以地名、動物、植物、美食、人文活動為主。

大家可以**運用表格，整理自己的童年回憶、印象深刻的旅行，或者想去的地方等，並在每個格子裡，寫下至少三個到五個關鍵詞。**

如果一開始想不太出來，也可以運用地理課本的知識，或者花一點時間上網查詢部落客的遊記。

為什麼要先練習這張表格？

以下我用兩段文章比較，讓大家感受一下差異：

圖表4-2 臺灣關鍵詞表

	春	夏	秋	冬
地名	●陽明山 ●武陵農場 ●阿里山 ●嘉義新港 ●屏東恆春 ●宜蘭礁溪 ●雲林古坑	●白河 ●六十石山（伯朗大道） ●清境農場 ●杉林溪 ●屏東東港 ●蘭嶼 ●澎湖 ●苗栗三義 ●臺東鹿野 ●墾丁	●奧萬大 ●司馬庫斯 ●草嶺古道 ●知本 ●綠島朝日 ●武陵	●臺南七股 ●北投地獄谷 ●臺東池上 ●屏東潮州 ●旗津 ●蚵仔寮 ●玉山 ●合歡山 ●新北耶誕城
動物	●藍腹鷴 ●帝雉 ●櫻花鉤吻鮭 ●臺灣山麻雀	●螢火蟲 ●蟬 ●蜻蜓 ●大紫斑蝶（紫河）	●大閘蟹 ●針蟻 ●貓頭鷹	●黑面琵鷺 ●烏魚 ●企鵝 ●臺灣長鬃山羊
植物	●櫻花 ●杜鵑花 ●山茶花 ●木棉花 ●洋紅風鈴木 ●桃花 ●杏花	●蓮花 ●大樹玉荷包、金鑽鳳梨 ●玉井黑香（龍眼芒果） ●繡球花 ●牡丹花 ●金針花 ●梧桐花 ●鳳凰木	●楓葉 ●銀杏 ●櫻桃 ●彼岸花	●油菜花 ●臺東鳳梨釋迦 ●林邊黑珍珠蓮霧 ●草莓 ●梅花
美食	●春捲 ●三星蔥 ●韭菜 ●綠竹筍	●蓮花宴 ●杉林溪高山茶 ●黑鮪魚 ●拉拉山水蜜桃 ●荔枝 ●西瓜	●麻豆文旦 ●柿子 ●池上米 ●栗子 ●哈密瓜	●烏魚子 ●溫泉蛋 ●屏東燒冷冰 ●羊肉爐／薑母鴨 ●草莓 ●水蜜桃
人文活動	●搭小火車 ●春吶 ●高雄春天藝術節 ●大甲媽祖出巡 ●清明節 ●兒童節 ●迎接第一道曙光	●觀星（夏季大三角：織女星、牛郎星、天津四） ●黑鮪魚文化季 ●飛魚季 ●豐年祭 ●油桐花 ●白河蓮花節 ●端午節	●溫泉 ●高雄左營萬年季 ●電影節 ●國慶日 ●重陽節	●元宵節 ●聖誕節

※關鍵詞為代表性事物，並非只出現在單一季節或特定地點。

✕小時候跟阿公、阿媽住在鄉下，直到要讀書時，爸媽接我回都市，那時我思鄉情切，不愛講話、很自卑，由於說話口音很怪，常被同學恥笑。當他們在一起玩時，我卻懷念鄉下的日子。**（缺乏具體細節）**

✓小時候跟阿公、阿媽住在臺南七股，直到讀國中時，爸媽接我回臺北，那時我思鄉情切，不愛講話、很自卑，由於說話口音有南部腔，常被同學恥笑，說我是「庄腳俗」。當他們盯著平板電腦螢幕，吃著麥當勞時，我卻懷念鄉下的一方水田、七股鹽山、每年南遷渡冬的黑面琵鷺，還有那碗熱騰騰的虱目魚鹹粥。**（列出具體細節，增加真實性）**

你發現差別了嗎？

其實，只差在小細節：**列出具體的地點、時間、代表性地名、動物、食物名等，就能立刻增加真實感與豐富性。**

除此之外，透過實詞具體描寫細節，也能幫助閱讀者掌握概念，或更具真實感的畫面，避免因泛論而流於無效溝通。

以下以一〇七年全國語文競賽高中組的題目「臺灣關鍵字」為例，示範範文。

〈臺灣關鍵字〉

臺灣是充滿寶藏的國度，從外太空俯瞰下來，是一顆翠綠的寶石，四面圍繞著閃閃發光的寶藍色鑽石，因此我覺得臺灣關鍵字是「寶」。

臺灣，是「人文寶庫」。臺北故宮博物院有全中華最豐富的歷史文物，「翠玉白菜」、「肉形石」、〈富春山居圖〉。新北市金山區的朱銘美術館，可以看到「太極」的雕刻美學。臺東池上，雲門舞集在秋收之際，以身體的律動，表演作品《稻禾》。高雄左營，匯集「豫劇團」、「明華園」等傳統戲曲表演團體，一同在「舊城」演出「環境實驗劇」《見城》，講述臺灣歷史故事。

臺灣，是「美食寶島」。臺灣美食享譽國際，你可以到嘉義縣，品嘗美味火雞肉飯還有「福義軒蛋捲」。接著你可以來到奮起湖老街，在雲霧氤氳中喝杯「高山愛玉」，配上「奮起湖便當」，美景加上美食，真是人生一大享受！再來你可以到小林村品嘗平埔族美食「薑黃臭豆腐」、「雞角刺酒」，過年時他們還會製作「柴燒年糕」，彷彿山林的滋味都匯聚於味蕾之間，饕客必訪的景點。

臺灣，是「音樂寶典」。莫拉克颱風造成小林村滅村，災後建蓋的永久屋分別位於五里埔小林、日光小林和小愛小林，村民們為了聯繫情感，決定以唱歌跳舞的方式團結村民，於是成立「大滿舞團」，而我與父母曾有幸參與他們的編曲與表演。日治時期，人類學家淺井惠倫曾經到小林部落將大武壠族古謠錄音下來，保存至今，因此回臺後再次進行編曲，讓小林部落之歌遠揚國際，讓世界看到災後重建的生命力。

臺灣，是「圓夢寶船」。我參加過一個為偏鄉國小所舉辦的營隊——采鳳馨雜，我為小朋友設計了一堂特別的葉子音樂課。蒐集各種軟硬厚薄的樹葉，材質不同，發出音色也不盡相同。在課程中，帶孩子們在校園中挑選喜歡的葉子，並試著吹出聲音。課堂中，小朋友大呼過癮，還自己組成「葉子樂團」，一同練習吹奏小星星。這讓我體悟到，音樂並不是鎂光燈下的寵兒，而是照亮社會的陽光。乘上圓夢之舟，圓夢不僅是完成自己夢想，更要帶大家一同圓夢。

「寶」字號臺灣，匯聚「人文」、「美食」、「音樂」之精粹，點亮「圓夢」的花火，堪稱「東方聚寶盆」。

——國立鳳新高中／林資芸

本文以「寶」字，串聯了臺灣人文、美食、音樂等相關素材。因作者曾就讀音樂班，長年受藝術、文物、音樂的薰陶，因此在第二、三段，用了許多具體事例、大量實詞，展現文章的廣度。第四、五段，寫出參與小林村大滿舞團表演，以及偏鄉教學擔任志工的經驗，詳細敘述己例，展現取材的獨特性與體驗的深度。

小試身手

寫下屬於你的臺灣關鍵詞表，每格至少填寫三個到五個關鍵詞。

	地名	動物	植物	美食	文化活動
春					
夏					
秋					
冬					

3 寫故事，場景很重要

近年來的國中會考作文，以情境題居多，例如：「未成功的物品展覽會」、「我想開設一家這樣的店」、「青銀共居」，以及學測新式國寫測驗題「靜夜情懷」、「如果我有一座新冰箱」等。**面對情境抒發題，就必須描寫場景**。

首先，讓我們先來定義什麼是場景。

在敘述故事時，場景的存在很重要。場景，是指事情發生的場地，周遭靜態或動態的景象，整體的空間概念，稱為場景。

場景大致上可分為：人造景的封閉式空間（如展覽會、店、冰箱）、自然景的開放式空間，其描寫方法與側重點也有所不同。封閉式空間描寫有三大重點：特殊物品、格局動線、光線與氣氛，以下將依序說明。

寫親身經歷，例如：特殊物品

①代表空間主人的嗜好

當我們在描寫空間時，其實重要的不是空間本身，而是空間必須與人有關。為什麼？

因為，**從空間裡的物品，可以看出使用者的興趣嗜好**。

例如，一個人的書櫃上擺滿程式語言書，代表他可能對資工有興趣。或者是，房間內貼滿動漫海報，代表他喜歡動漫或認同動漫中的角色，例如：《海賊王》裡的探險與夥伴情誼。

特殊物品就如無聲的性格符號，大家不妨多觀察日常生活中有哪些特殊物品，並運用在作文考試上。

比方說青銀共居，我們就可以依銀髮族、年輕族群，分別列出娛樂、閱讀、食物、配件等，各種特殊的物品。

②展現空間主人品味與思想

蘋果創辦人史蒂夫・賈伯斯，是極簡主義者。在《賈伯斯傳》（*Steve Jobs*）中，他曾提及他的家中幾乎沒有家具，只有一張天才發明家阿爾伯特・愛因斯坦（Albert Einstein）的照片、一張椅子、一張床、一盞燈。因為他認為：「專注與簡單。簡單比複雜更難，你必須努力讓你的想法變得清晰，讓它變得簡單。一旦你做到了簡單，你就能搬動大山。」

因此，當我們在**設定場景風格與物件時**，關鍵重點在於：**能否突顯人物特質或重要的相關資訊**。

先點出大範圍，再描寫特定地點

場景的格局動線，又該怎麼描寫？為了讓讀者快速進入情境，在下筆時，不妨將自己想像成一位攝影師，正拿著一臺攝影機，**按順序先勾勒出簡單的輪廓（亦即大範圍）。如有需要特別介紹的地方，就再描寫特定地點**。例如：

● 走進他們家低矮的老舊房子，一進門直視便看見廁所半掩的門，陣陣騷味從門裡流竄而出，彷彿是個邋遢的主人，不修邊幅的出來迎接客人。**（先勾勒出簡單的輪廓，接著描寫特定地點）**

又例如我曾描寫過一位漸凍症患者的住家：

● 那是一棟四層樓高的建築物，位於整排建築中間，鐵門鎖著，但第二扇門卻半開半掩，隨風擺弄。**（勾勒出簡單的輪廓）**

● 一樓入口只剩一條無法錯身的走道，房子主人窒礙難行的領我穿過，狹促的小徑，時間凝結而緩慢流動。**（描寫特定地點）**

一〇五年國中會考「從陌生到熟悉」，全國範文中有一篇以「貓」為主題的文章，被美學專家曾昭旭讚譽有加。該篇文章第一段破題用的方法之一，就是先標大範圍，再寫特定點。

摘錄原文第一段如下：

我觀察那隻老是蹲坐在社區牆上的貓很久了。**（大範圍➡特定地點）**

這篇文章被譽為高手之作，其中一個原因就是將技巧用得不著痕跡，「社區」是大範圍，「牆」是特定地點，四個字就將貓的行蹤精準點明。

用光線與氣氛，象徵處境與心境

光線與氣氛很容易被忽略，卻是決定空間感受的核心關鍵。描寫空間時，也可以運用象徵手法，例如**用空間裡的暗與狹窄，象徵現實的困境**。例如：

穿越陰暗的甬道，終於進入他的房間兼工作室，打開門，飽滿明亮的陽光，驟然推開那冗長隧道裡，如影隨形的鬼魅。

或者是**運用光線的明暗，與物件的色調，來象徵空間主人內心的狀態。**

例如：

映入眼簾的是張雙人床，皺黃的床單，白底參雜著陳年舊垢，上面印著向日葵，並且躺著一隻灰黑的貓，瞪大黃色彈珠般的雙眼看著我。

運用房間明亮的陽光、床單上的向日葵，象徵手作藝術家內心的樂觀與積極，而灰黑色的貓，則象徵漸凍者藝術家在令人絕望冷酷的現實世界。

圖表4-3　場景的三大描寫重點

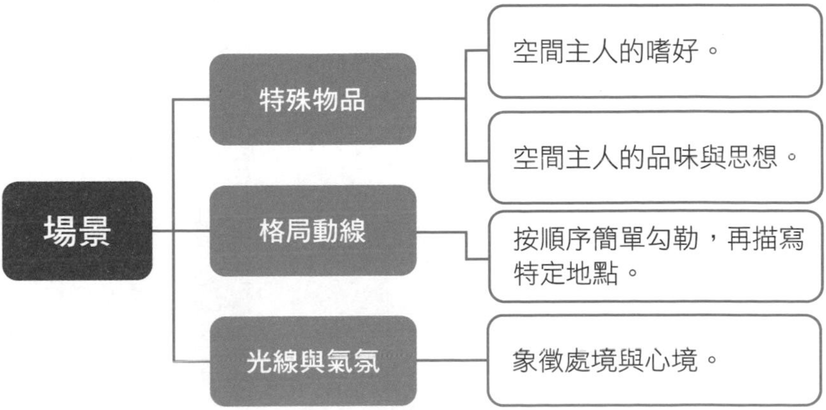

小試身手

請用大範圍＋特定點寫出兩組地點。

	大範圍	特定點
示範	臺北火車站	東三門
一		
二		

4 五種寫景手法，蘇東坡是高手

從近年學測新式國寫的試題來看，「花開花謝」、「季節的感思」、「花草樹木的氣味記憶」、「縫隙的聯想」等，大自然的場景描寫，已是考題的一大重點。因此，學會開放式場景的描寫技巧，就能為文章加分不少。

那麼，在練習作文時，又該怎麼描寫開放式場景？

以下提供五個簡單的做法。

一、直接寫故事地點、著名景點

當你要**介紹故事地點或著名景點**時，可先從一般最直覺的視角切入，那就是

「正面／側面直觀法」。

請想像自己站在地面上，從景點的正面或側面直接觀看。

左營蓮池潭聞名的觀光勝地「龍虎塔」，左邊是青色的龍頭，右邊是黃色的虎頭。兩座神獸張大血口，瞪大雙眼，活靈活現的匍匐在春秋閣底下，守護著春去秋來祥和平靜，守護著百姓安樂富足。

寫作者的筆就如同攝影機鏡頭，正面或側面往往是最直覺的，因此當我們從這個角度描寫景物時，在腦海中的景物輪廓，也會比較清楚。

二、從高處往下看，描寫主要地點

想描述主要地點的空間位置，以及周遭環境，或者需要從高空或大範圍才能看出全景特色時，就很適合運用「高空俯瞰法」。

這時，請想像自己是一臺空拍機，從天空向下拍攝地面上的全景。

例如：

從高處往下看，高雄衛武營國家藝術文化中心猶如擺動的音波，又如高雄港潮起潮落的白色波浪，又如巨型的微笑魔鬼魚，在這一座熱情的城市遨遊。

當我們從高處俯瞰大地時，會產生廣大的壯闊感，也能看到景物在眾多地景中的位置，這時與第一個「正面／側面直觀法」疊加使用，就會有很明顯的層次感。

三、寫特定或局部物品

最後，請想像自己現在是一臺顯微鏡，針對特定或局部的物品或空間，刻意詳細的描寫其內容，我稱之為「細部微觀法」。

例如：

漫步在雲林古坑的意境森林中，薰風徐徐，漫天飛舞的大紫斑蝶，在不起眼的高士佛澤蘭花叢中，如畫家張大千信手揮毫紫金潑墨，暈染在縹碧的絲綢上，定睛一看，陽光照射下紫到發黑的蝶翅，還舞動著若隱若現的靛藍珠光。

大紫斑蝶翅膀，在不同光線的照射下，能折射出十分細微的色彩變化。當我們要描述某件特別物品時，就可以善加利用細部微觀法，展現自己的觀察力。

四、寫空間，寫氣氛才生動

前面三種方法，都偏向具體可見的景物描寫，而氣氛感受法，偏重於五感摹寫中，聽覺、觸覺、嗅覺與光影變化的描寫，寫出空間裡的氣氛感受。

例如：

民雄鬼屋的外圍被參天古木群起環抱，藤蔓爬滿了牆壁，赭紅的建築以及斑剝的灰白牆。走到裡面，突然溫度驟降，空氣溼溼冷冷，風像女鬼長長的指尖，輕輕刮過肌膚，陰氣逼人，破窗縫隙滲入的微光，像是一位白髮老翁，以無聲的凝視，警告我們此地不宜久留。

這裡的氣氛感受，除了眼睛可見的建築物外，重點放在觸覺的體感溫度與溼度，接著再搭配微弱的光線，營造出鬼屋讓人不寒而慄的氣氛感受。

五、鏡頭調焦法

北宋文學家蘇軾在〈題西林壁〉曾云：「橫看成嶺側成峰，遠近高低各不同。不識廬山真面目，只緣身在此山中。」這首詩揭示了我們看事物時，根據所處位置不同，看到的景物也各不相同。

唐代文學家柳宗元〈江雪〉：「千山鳥飛絕，萬徑人蹤滅。孤舟蓑笠翁，獨釣寒江雪。」便是最經典的例子（見下頁圖表4-4），用四句詩詞呈現四種角度：仰視、俯瞰、遠景、特寫，並且從全面、多線、一線、到一點轉移焦點。

圖表4-4 鏡頭調焦法

① 仰視，廣角短鏡頭  千山鳥飛絕，	② 俯瞰，廣角短鏡頭  萬徑人蹤滅。
③ 遠景，望遠鏡頭  孤舟蓑笠翁，	④ 特寫，微距鏡頭  獨釣寒江雪。

小試身手

請運用本節所教的五種寫景手法，每題至少運用兩種方法，敘述以下三個你所熟悉的地方。

場景一：學校

場景二：名勝古蹟

場景三：印象深刻的地方

5 奧斯卡都在用的人物倒敘法

情節在劇本與小說寫作中，是一門深厚的學問，而且非常複雜，但作文並不需要這麼複雜。因此，考生在寫作，只要以清楚的架構，將最基本的情節五元素（人、事、時、地、物）描寫出來，就可以順利拿高分。

人物，最好寫、也最難拿高分

作文考試中，常會寫到自己的親身經歷，所以人物描寫的對象，大都是自己所熟悉的父母師長或兄弟朋友，因此大家可以把握以下三個描寫原則：

①外在形象：臉部表情、眼神，最好能有畫面感或記憶點。例如：

紅面棋王周俊動右半臉的猩紅印記，彷彿是登上棋藝山巔，為自己的堅強插上勝利旗幟。

②關鍵對話：藉由口氣、語調、措辭，藉以闡述道理，或推進故事發展、突顯人物性格或觀點，讓文章更加生動、有趣。例如：

我請媽媽不要任意轉傳未經證實的網路影片，因為那等同於散播謠言，她卻怒嗆我說：「你以為你會讀書了不起嗎？你做人很失敗，以後一定會完蛋！」我聽得一頭霧水，問她：「妳是不是邏輯有問題，我在跟妳說什麼？妳在跟我說什麼？」

（運用對話突顯兩人的思維差異及細微情緒：兒子自認是善意提醒，母親卻感到被羞辱。）

③動作細節：動作比言語更真實。大家在寫故事衝突或矛盾時，可以多用動作

細節來呈現事實或人物性格態度。例如：

籃球隊教練對我的不重視，雖未明說，但我心知肚明。訓練期間教練發球衣，卻沒有屬於我的背號。球賽開局竟然叫我去側門拿球隊訂的飲料！我穿著球衣離開球場，拿完飲料坐了三十分鐘冷板凳，才輪到我上場。當時我便知道教練從來都沒有把我當作正式球員看待。

——高雄市立高雄中學／陳奕帆

奧斯卡動畫也在用的倒敘法

在作文中最常用的兩種記敘手法：第一、順敘法，按照事情發生的順序加以敘述（起因→經過→結果）。第二、倒敘法：先說結果，再說事件發生的原因與經過。建議大家在寫作練習時，多運用先說結果、引起懸念的倒敘法，反而更容易寫出精采故事。

在戲劇中，這種方法也很常使用，例如：**在第一集看到主角英雄最終的光榮畫**

面，接著再說明主角如何從無名小卒，最後成為英雄。

洛杉磯湖人隊（Los Angeles Lakers，簡稱ＬＡＬ）籃球明星柯比·布萊恩（Kobe Bean Bryant）獲得奧斯卡金像獎最佳動畫短片獎的《親愛的籃球》（*Dear Basketball*），所運用的敘事結構就是倒敘法，拆解分析如下：

請掃描QR Code，觀看影片。

①**情景法開頭**：投出決勝球，人生最榮耀時刻的畫面。

②**破題**：親愛的籃球。

③**從現在回到過去**：小時候拿爸爸襪子當籃球玩的開心畫面。

④**目標**：在湖人隊打球的錄影帶畫面中，看到自己的未來。

⑤**發展**：為了達到目標所付出的努力與經驗。

⑥**轉折**：身體已無法負荷高強度的運動。

⑦**過去與現在，情景交疊**：過去的自己與現在的自己，打籃球的快樂都一樣。

⑧**情景法結尾**：柯比感謝大家的支持，從球壇榮退。

如果要寫自己的英雄事，也可以用此架構來說明。接下來，以一〇九年學測國寫測驗「靜夜情懷」為大家示範：

〈靜夜情懷〉

皎潔的月光自窗外傾瀉而下，將形如（物）「二槓」鹿角的許願骨，照耀得閃閃發亮，讓我遙想起爸爸送我時散發的溫柔雙眸。

↓第一段破題，以月光扣合「靜夜」，以「許願骨」作為象徵物，牽引出舊日情懷。

在人煙罕見的鄉野中，矗立著星羅棋步的生鏽鐵桿。（物）「豸」形的鹿角在灌木叢中若隱若現，也時而傳來呦呦的鹿鳴，和轟隆轟隆操作機械的聲響。（人）留了一頭俐落三分頭的爸爸，結實黝黑的手臂熟稔的，割下一片片深褐色的鹿茸，並抹上一層薄薄的草木灰。在爸爸的細心馴養下，鹿茸品質極佳，削成薄片出售或釀造香醇的鹿茸酒皆有熟客爭相搶購。在爸爸專業調配下，讓（物）鹿茸酒如瓊漿玉液，暖而不燥，順喉回甘。

【時】在我六歲那一年，事業初期的成功讓爸爸獲得極大成就感，他時常牽著我的小手，帶我前往位於【地】高雄大樹的養殖場，在羊腸小徑中散步。【事】家中有三個孩子，排行老二的我，鮮少擁有屬於父女二人獨享時光，在林中的蟬鳴聲裡，父親難得向我吐露心事。【原因】他說：「很慶幸在四十歲的年紀，有貼心的小女兒陪伴，讓他不感到孤單。」他拿出口袋中的【物】小葉紫檀製成的許願骨送給我，他說：「有想做的事就向許願骨說，它會幫妳喔！」聊天之餘，一邊摘牧草，一邊巡視環境，再回養殖場餵水鹿。對我而言，這午後父女相處的時光，鑄造我心中獨享的難得回憶。

【過程】正當爸爸事業如火如荼時，養鹿場周遭興建一座魚塭。建造的過程中，震耳欲聾的聲響使水鹿飽受驚嚇，導致鹿茸產量驟然下滑，而地主又逢機漲地租，使事業營運由盈轉虧。然而禍不單行，養鹿場的母鹿新生的幼鹿，也因接生技術不成熟而早夭。爸爸的愧疚感如浪般衝擊下，將懷中冰冷僵硬的小鹿埋在園中，看著曾經繁榮事業慘遭各種因素重擊而賠本。

最終，爸爸以每隻三萬元的價格將水鹿出售至臺南養殖場，結束辛苦經營多年的事業。我再也沒有機會牽著父親的手，在羊腸小徑中說著體己話，父親「養鹿」對我而言卻是「培養父女感情之路」，事業結束，父親夢幻柔軟的一面也就此封印。

結果 靜夜裡，人間的情思如絃輕捻復挑，奏響無聲的命運交響曲。月光灑落在窗畔上的許願骨，那淡淡幽香勾起我心中舊日情懷，遙想爸爸曾經繁榮的事業，及我獨享父愛的午後時光。

↓文章結尾處，運用情景法前後呼應，回到首段的窗前，並且將題目「靜夜」與「情懷」兩個關鍵詞再次鑲嵌於行文中扣題，使得通篇的架構設計縝密，而情韻雋永。

——高雄市立高雄女中／郭屹庭

6 喜怒哀懼表，情緒疊加

「情緒影響過程，態度決定結局。」這句話不只是人生的寫照，更是寫作拿高分的重要關鍵之一。情緒就像自然界的氣象，就像室內空間的燈光，也像人身上的氣味。雖然沒有具體的形象，卻深切影響一個人的內在，乃至外在行為的表現。

在作文中，情緒的展現方式，只要能襯托主題、讓讀者產生共感，即可達到高分的效果。

當我們為文章的主要情緒定調後，就能開始疊加渲染情緒。以下我將用喜怒哀懼表（見下頁圖表4-5），列出不同主題所對應的內容。

但要注意的是，如果只是標新立異，卻沒有具體的理由，造成讀者理解的困難，那便事倍功半、效果大打折扣。

圖表4-5 喜怒哀懼表

情緒 主題	喜	怒	哀	懼
四季	春	夏	秋	冬
天氣	晴天	豔陽天	霪雨霏霏	狂風暴雨
時辰	清晨	中午	黃昏	深夜
地點	遊樂園	教室	墓園	急診室
顏色	粉紅色	紅色	灰色	黑色
動物	喜鵲	河馬	猿	蜘蛛
植物	櫻花	火鶴	枯木	蠍子草
人物	魔術師	教官	禮儀師	惡霸

運用右表，將同一種情緒的主題疊加在一起，便能十分具體的建構出情境，並且將情緒渲染其中。我以右表的「喜」，示範給大家看。

● 惠風和暢的春天，晨曦初露，和煦的陽光，穿透輕輕薄薄的霧氣，我與家人走在南投九族文化村的櫻花林中，山櫻、吉野櫻、富士櫻不同品種的櫻花，姹紫嫣紅開遍，在山中聽到喜鵲跳響枝頭，如莫札特魔笛中快樂的捕鳥人帕帕基諾，搖著魔鈴，喚醒春寒料峭的大地。

● 觀賞完美景，孩子們迫不及待的衝進遊樂園玩耍，爽朗無憂的笑聲在園區中，此起彼落的偷吻遊客的耳畔。石音劇場正表演著原住民傳統舞蹈，嘹亮的歌聲，與孩子的笑聲、山中的鳥囀如森林三重奏，「聲聲不息」展現春日的生命力。

當我們運用大量相同情緒感受或象徵物來描寫景物時，就能讓讀者身歷其境，感受到作者想傳達的情緒。當然，一篇文章不只有一種情緒，你也可以疊加其他情緒詞組，增加文章精采度。接下來，請大家試著寫下自己的喜怒哀懼表吧！

小試身手

請寫下屬於自己的喜怒哀懼表。

情緒／主題	喜	怒	哀	懼
四季				
天氣				
時辰				
地點				
顏色				
動物				
植物				
人物				

7 藏在內心的態度，怎麼寫？

態度決定結局！你相信嗎？很多時候，一件事情做對了，但在態度的展現上有所疏忽，便讓一件好事變成壞事。

當前面的三情（情境、情節、情緒）建構完成後，接下來決定成敗悲喜的關鍵點，就是——態度。有趣的是，無論前面的情境、情節、情緒如何發展，**最終關鍵的態度，將決定故事為悲劇或喜劇收場**。

態度的定義是什麼？

從字面意義上解釋——「態」：外在展現的姿態；「度」：內在審度的原則。而態度，就是由外在的對話、神色表情、動作行為，表現一個人內在認知與信念、價值觀等（見下頁圖表4-6）。

有沒有人曾對你說過：「你這是什麼態度？」人與人之間的溝通，內在與外在無法表裡如一、言行一致時，就很有可能聽到這句話。

一般來說，作文中描寫的態度，較多篇幅會放在人物的外在細節。

比方說，對話（口氣、聲調、措辭）、神色表情（臉部表情、眼神）、動作行為（與他人互動、個人動作、不經意或刻意的動作）。

寫態度，是為了突顯內在的認知、價值觀與信念，因此在描寫動作時，要思考「這個人可能會怎麼想」，藉此疊加你想傳達的概念。

接下來，我要用中國歌手阿肆的

圖表4-6 什麼是態度？

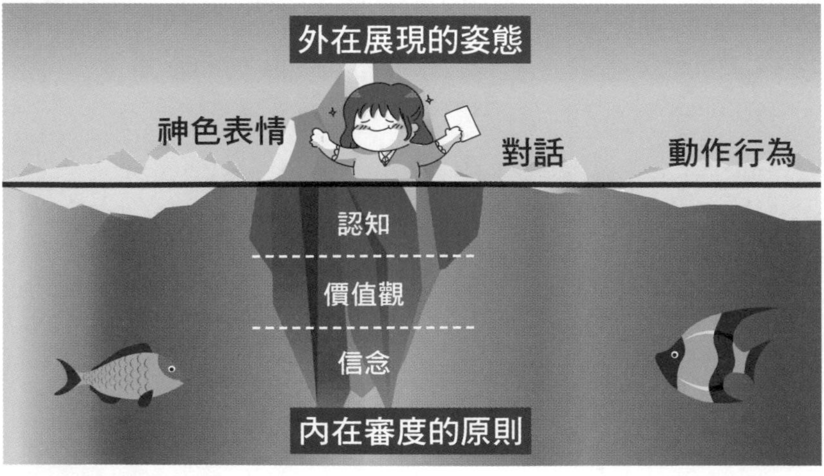

《熱愛105℃的你》，其中的歌詞來說明態度概念的應用：

你不知道你有多可愛，跌倒後會傻笑著再站起來。你從來都不輕言失敗，對夢想的執著一直不曾更改。

前兩句，跌倒、傻笑、再站起來，展現對人物小動作與表情的觀察；後兩句，描寫對人物不輕言失敗的態度與對夢想的執著。前後剛好是外在展現的姿「態」，與內在審「度」原則。

以下列舉我在全國語文競賽得到第六名的〈捨與得〉，並截取第四段做示範。

我幼年家道中落，一度貧困，然而年少趾高氣昂。總未解父母肩擔的壓力。❶印象深刻的是有一回，家裡附近的慈善團體想贈予清寒獎學金給我，我告訴母親：「我不要領，好丟臉！」後來母親說了一句話，打動了我：「孩子，今天我們暫且接受別人的幫助，等到你有能力，再去幫助更多的人。」❷至今憶起往事，才知捨與得實為循環相扣，昔日我得之於人，明日我捨之於人。在捨與得之間，彼此如接力救濟，而無孰高孰低，優劣貴賤之分。

這一段寫的是態度，先寫得再寫捨。運用故事法，將親身經歷，真誠的寫出來。❶上半部寫不願意接受別人的「捨」，原因在於內心感到被貶低覺得丟臉，但❷接著運用母親的話，用更高的角度思考「得」的意義，不僅是物質上的接受，更是「善意的接納與傳遞」。

❸另外一次，是在夜市中，投錢給一位盲者，他整晚賣力吹笛，母親要我拿些零錢給他。不經意的投擲，叮叮噹噹的錢幣聲響在鐵碗中迴盪，❹母親怒斥我：「你以為乞丐是白白伸手要錢嗎？他們也賣了自身最實貴的東西——自

尊。你懂嗎？所以要蹲低輕放，才是尊重別人、也尊重自己的行為。」從此我懂得「捨」與得的姿態，必須「蹲低」代表平等心；「彎腰」代表柔軟與善解；「輕放」，代表施恩勿念。「得」，受之於人非低人一等，反而應抱著感恩謙卑的心，將善的火炬繼續薪傳下去。

❸下半部寫「捨」的經驗，我在文中揭露自己曾因為想太少，而做出對別人無禮幼稚的行為。❹但在母親的教導下，從而領悟到「捨」的姿態，將決定一個人的善意是否能如實傳遞，並且藉由捨的連續動作：蹲低、彎腰、輕放，寫出其背後所代表的象徵意義。

藉由平凡的小動作中，拆解出深刻的人生寓意，屬於夾敘夾議。此外，還要特別提醒大家，生命中所有不堪或犯錯，在故事中往往會是讓人有共鳴的好題材。

所以，不要害怕寫自己的不好，因為那都是上帝送給你的禮物，不妨用真誠的心解開禮物的封印吧！

〈捨與得〉範文。

小試身手

請練習以對話、表情、動作三個元素，寫出一種態度。

態度	對話	表情	動作
勇敢追夢	不輕言失敗	傻笑	跌倒後站起來

8 先做半成品，上考場快速組裝

恭喜你終於完成前面的步驟：三情一態，來到最後的環節——組裝。

許多寫作高手，能快速完成一篇有架構、論點、論據，又有文采的好文章，看似是臨機應變，其實都是有備而來。

只不過他們不是背別人的範文，而是**事先準備自己的範文，先做好「半成品」**。然後就像玩樂高積木一樣，在面對不同題目，但類似範圍的主題時，拿出自己的半成品，加以調整與重組。

換句話說，高手不會是從零到一百，而是三〇%，加四〇%，再加二〇%、一〇%，以多個半成品狀態的文章，省去思考的時間。

如此一來，不僅速度比別人快，也因為長時間練習與多次反覆修改的經驗，文句會特別精良。

接下來，我將以一〇七年學測國寫測驗的「季節的感思」第二小題，示範如何應用情境、情節、情緒、態度。

題目與範文解析，請掃描下方QR Code。

〈季節的感思〉題目與範文。

從感官摹寫到人生哲學

提醒大家，新式國寫測驗題，非常重視作文內容是否與題目引文互相扣合。例如「季節的感思」這一題，便引用了楊牧的〈夭〉（原文請掃描右方QR Code）。

如左頁圖表4-7所示，作者分別運用了以下聽覺摹寫：

你在傾聽小魚澼濺的聲音（實寫環境細微的聲音）。

你在傾聽聽見自己微微哭泣的聲音（實寫自我情感）。

一片樹葉提早轉黃的聲音（虛寫想像，由情入景）。

這些要素便是考生在寫文章或重組題材時，必須具備的要件（至少扣合兩個到三個）。

接著，請看下頁圖表4-8，這些都是視覺摹寫的句子，作者從季節的空間場景，帶出人生哲思。

考生在寫此類題目，便要從感官摹寫引申至人生哲思的層次。

換句話說，我們**在閱讀題目引文時，就要先拆解出概念，進而再將題材扣合主軸與概念，寫出一篇完整的文章**。

最後，我們來看一下從解題到組裝題材的流程。

圖表4-7　聽覺摹寫

詩句		概念
你在傾聽小魚潑濺的聲音。	→	實寫環境細微的聲音。
你在傾聽聽見自己微微哭泣的聲音。	→	實寫自我情感。
一片樹葉提早轉黃的聲音。	→	虛寫想像，由情入景。（用聲音摹寫視覺）

步驟一、抓引文關鍵句或詞語。

步驟二、分析概念。

步驟三、萃取題材。

步驟四、思考邏輯架構。

步驟五、組裝成文。

以一一三年學測國寫試題「縫隙的聯想」為例，請大家先閱讀左頁的題目文本，並試著運用上述五步驟，讓大腦激盪一下。

接著，我會拆解我的學生拿到二一．五分的國寫佳作。

圖表4-8 視覺摹寫

詩句	概念
張望春來日光閃爍在河面。	觀看春日的空間場景。
看美麗新世界野煙靄靄。	野煙靄靄暗示所看到的美麗新世界，與心中純粹的美並不同。
在無知裡成型。	暗喻所見所知，是從無知到有知。

看到山上那麼多參天大樹時，會勾起我的惻隱之心。在無法順暢呼吸的空間裡，樹木之間為了生存必須展開激烈的競爭。為了能多接受一些陽光，它們只能拚命向上生長。

但是，只為生存而競爭的森林卻漸次死亡，因為陽光無法到達地面，所以溫度不夠高，無法讓幼小的生命萌芽。小樹和花、草，以及與它們一起生活的小昆蟲沒有生存的空間。雖然表面上看起來非常完美，但這種森林其實與沒有希望的不孕之地無異。

根據我的經驗，密集栽種的樹苗體型壯大數十倍時，就需要開始砍樹，否則樹木會抱怨空間太窄，活不下去。要想確保樹木能充分接受陽光照射的空間，就必須做出犧牲。因此，幾年期間強行進行砍伐，樹木間距剛開始時是一公尺，現已擴大到七公尺。也就是說，即使是粗略估算，也可知七棵樹中有六棵為之消失。

森林要想成為孕育新生命的希望之地，就需要有縫隙。如果樹木壽命結束或因為意外災害而倒下，該位置就會產生空間，那麼，溫暖的陽光就會照射進來，被陽光照射的地面混雜著前一年秋天凋落的樹葉，於是積聚起能夠孕育新生命的養分。因此，樹木的縫隙，既是結束和開始共存的空間，也是由缺乏轉化為希望的空間。（改寫自禹鐘榮著、盧鴻金譯《樹木教我的人生課》）

請回答下列問題：

根據上文所述，為什麼森林需要縫隙？由此聯想，人生是否也需要縫隙？請以「縫隙的聯想」為題，寫一篇文章，結合生活經驗或見聞，書寫你的感思與體悟。（占二十五分）

〈縫隙的聯想〉

縫隙是森林中不可或缺的存在，如沒有縫隙陽光將無法抵達地

③ 萃取題材

面，使地面養分轉化，進而使大樹吸收茁壯。而「縫隙」在我的人生中不同階段，也都具有別樣的意義。

↓第一段破題，先點題「縫隙」二字，從自然界的縫隙，引申出自己人生中的縫隙，代表不同階段的特殊意義。

有「縫隙」的存在，我才得以生存。自小姊姊就是長輩口中的標竿，品學兼優的她不管去到哪裡，都是鎂光燈聚焦的主角，就如同大樹般獨攬著所有的日光。而相比之下，想法較為天馬行空、成績平庸，甚至有些叛逆的我，得到的稱讚就少得許多，甚至以前教過姊姊的老師，都只會以「誰的妹妹」稱呼我，而非我的名字。那時的我就像苟活在大樹根部的蕨類植物，唯有努力吸收著大樹葉片「縫隙」間偶爾灑落、施捨的陽光，才得以生存於世。

↓開頭運用主題句，點明縫隙是自己的「生存之道」。以優秀的姊姊如大樹，平庸的自己如蕨類植物，僅靠大樹葉縫所灑落的陽

① 抓引文關鍵句＋② 分析概念＋④ 思考邏輯架構

① 抓引文關鍵＋② 分析概念

光，而得到些微的養分，精準扣緊題目引文中樹木、生存競爭、爭奪陽光、大樹遮蔽陽光使下方小樹花草昆蟲沒有生存空間等敘述。

❶＋❷＋❹透過「縫隙」窺視，我遇見了世間美好。❸國中努力考上第一志願的我，高中決心要找回專屬於我自己的「名字」。雖然成績沒有姊姊那般優異，但我依然發揮自身的領導能力和活潑外向的個性，在高二時成為了學校攝影社的社長。在社團活動中，這次我在我親手為自己搭建的舞臺上，成為了最耀眼奪目的主角。❶＋❷即使沒能茁壯成大樹，依舊發揮蕨類特有的超群生命力。透過微風吹拂搖曳的葉縫間，無意間所灑落的斑斕光影，我依然窺見了世間的一切美好。

↓運用主題句，點出「縫隙」是自己成長的轉捩點。這一段是「轉折」，說明自己的心境轉變，不再仰望姊姊的優秀，轉而專注在自己的興趣與亮點。結尾處再次回扣大樹與蕨類，以情景法作結，不僅扣題又富有畫面感。

❶＋❷＋❹「成、住、壞、空」，在「縫隙」間輪番上映。❸姊姊雖然一路求學路上成績都十分優異，但因其一直專注於學業，不擅長與人交際，在醫學系面試中屢次失利，而此打擊也使她患上嚴重的憂鬱症。原本在考場上意氣風發的她，現在卻患上了懼學症，甚至需要在頭皮上注射多巴胺才能勉強度日，而此時正在重考的我，深切的了解她所面對的困境，因此也決定要陪伴姊姊度過這段黎明前最黑暗的時光。❶＋❷原本參天蓊鬱的大樹，朝夕間忽然枯萎倒下，而原本需要透過縫隙間陽光，才能勉強苟延殘喘的蕨類植物，此時卻成為了大樹重新成長茁壯的養分來源。

↓這段將姊妹兩人因遭遇學業上的困境，看似人生絕境，卻又是另一個歸零重生的機會。姊妹間競爭比較的心結，因姊姊病痛與作者重考而鬆綁，情感真摯深刻，體悟出佛家哲理成、住、壞、空的意義。

❶＋❷＋❹有了「縫隙」，我才得以生存；透過「縫隙」，我遇見了人生的美好；「縫隙」間，承載著一切的循環。在「縫隙」間，我閱覽了名為人生的

風月寶鑑。

↓最後一段，再次以題目關鍵詞「縫隙」扣題，並且以合論上述各段主旨，總收作結。作者刻意用上下引號將「縫隙」突顯出來，暗指「縫隙」的言外之意，縫隙不只是大樹間的空隙，而是專屬於作者人生獨有的意義。

——高雄市立高雄女中／柯品瑜

本章重點

- 要寫出一篇動人的作文，一定要有三情要素：引人入勝的情境、轉折勾人的情節、最後引發共感的情緒。
- 寫三個到五個關鍵詞，增加具體細節。
- 五種寫景手法：正面／側面直觀法、高空俯瞰法、細部微觀法、氣氛感受法、鏡頭調焦法。
- 多運用先說結果、引起懸念的倒敘法，反而更容易寫出精采故事。

第五章

整個城市都是我的靈感夾

1 三層次思考法，小題能大作

每次演講或語文競賽選手培訓，問大家寫作文最怕遇到什麼，排行第一名的一定是——**沒題材可寫**。

每個人的生活都很平凡，但在寫作世界裡，平凡人事物也有不凡的存在，差別只在於：能否寫出獨特的存在價值與意義。

如何取材，才能將平凡的生活變得不凡？其實訣竅很簡單。

①感官感受，小題大作

將平日的感受刻意放大描寫。我們可以運用想像或藉由不同感官轉換、交錯運用，例如用視覺寫聽覺、嗅覺、味覺等，打造出生動有趣的畫面。例如：

● **綠色的彈珠汽水**（視覺）

透明如翡翠般的彈珠，不僅鎖住了冰涼的汽水，也將童年回憶封存在沁人心脾的氣泡中，打一個香甜的飽嗝，便喚醒一段被遺忘的單純快樂。

● **酸澀帶甜的彈珠汽水**（味覺）

母親說彈珠汽水酸澀帶甜，但又樸實無華的味道，讓她想起幼年生活不富裕時，面對現實無可奈何，卻無法擺脫的酸楚。

同一個物品，從不同的感官與角度切入，所呈現的畫面也不盡相同，因此將感官感受小題大作，往往能挖掘出更深刻的情感與思考層次（見圖表5-1）。

圖表5-1　感受不同，畫面也不同

步驟	外在感官刺激	內在感受	相應的情境畫面
案例	吱吱吱	毛骨悚然	老鼠在廚房偷吃
不同感受	吱吱吱	悅耳動聽	雛鳥在鳥窩嗷嗷待哺

②轉換思維，另眼看待

也就是逆向思考，例如：日常小事想成不尋常的大事、倒楣的事想成另類幸運、平凡變成不凡。

練習反向思考，不僅趣味十足，也能幫助我們訓練思考能力。舉例如下：

- 普通的家貓↓哆啦A夢機器貓。
- 不起眼的雜貨店↓東野圭吾《解憂雜貨店》。
- 平凡工程師↓漫威英雄鋼鐵人。

×一般的寫法

- 計程車車裡，有一股悶臭味。
- 我在前往清明掃墓的山路上坐立難安，頭暈想吐。

✓拿高分的寫法

● 我蠻害怕計程車內的味道，灰塵混著油垢味，陽光照射讓司機身上的菸味更加悶臭。

● 那悶熱潮溼的油垢味，就像從千年油缸中偷爬出來的巨大蚰蝓精，把我含在口中。

● 在清明掃墓的山路上，頭昏腦脹的我，隨時會被蚰蝓精的口臭逼得提早上山見祖先。

——高雄市東光國小／吳兆峰

千萬不要小看這一能力，因為在現實世界裡，這不僅是一種觀察、思辨，更可能創造出改變世界的商機。

我常常跟學生說：「我們沒有活在托爾斯泰[1]《戰爭與和平》（*Warand Peace*）的動盪時代，要你們寫出歷史悲痛、偉人情操，確實是強人所難，但也**不要動不動**

就把阿公、阿嬤請出來，讓他們變九命怪貓，逢考就死。

「尤其國高中模擬考、會考與學測，只要有悲劇需求，阿公、阿嬤『死命必達』。如果一不小心，你的文章寫太好被選為全國範文，阿公、阿嬤看到孫子、孫女考滿級分，還會一邊笑，一邊流淚說：『我真是死得很有價值！』」

上述看起來很像笑話，但考生真的很常出現「寫死」的情形。

至於為何會被閱卷老師發現「死得有點假」？

那是因為「假死文」，通常都沒有細節鋪陳。而且，對於死亡事件的本身，幾乎沒有多加著墨。

面對各類作文測驗，學生常會說：「我們的生活就很單調啊！不是上課就是補習，能寫出什麼故事？」確實如此，如果平常沒有練習搜尋深層記憶，真的很容易變成一無可取，無話可說。

關於取材，大家不妨閱讀黃信恩醫師的〈熱臀記〉與〈我與早餐店老闆娘的關係〉，這兩篇文章皆取材於日常生活，但作者卻能寫出趣味橫生的文字，以及對人的觀察與省思。

接著再舉一個生活化的題目，「夏天最棒的享受」。如果是你會怎麼寫？

大多數人會就主題來著墨，例如有一位學生寫冷熱冰（按：屏東潮州知名美食，內餡是熱的、外層是冰的），開始只寫冷熱冰本身，並且花很大的篇幅寫冷熱冰的細節，但這樣就成了美食介紹文。

從作文的角度來看，除了「物」本身的客觀事實外，還必須加入作者的主觀感受。

因此，**無論是借物抒情或借景抒情，描寫重點都在作者的感受與親身經歷的體驗**。

後來，我引導學生抓住關鍵字「冷」與「熱」，做出中間段落的三層次思考法（見圖表5-2）。接著，讓我們看下頁範文內容：

1 Leo Tolstoy，俄國文豪。

圖表5-2 三層次思考法

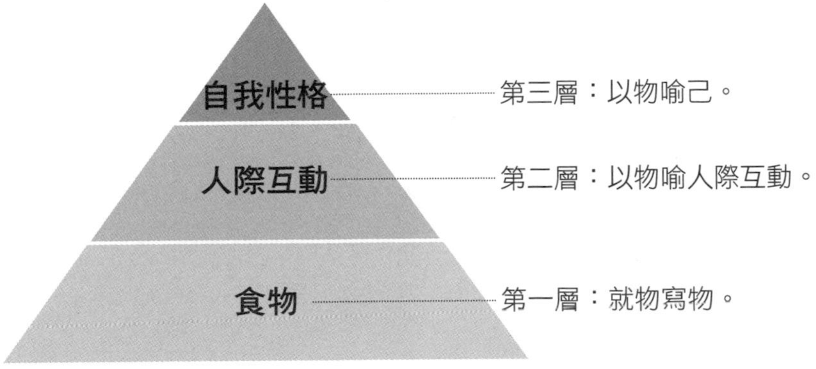

〈夏天最棒的享受〉

第一層

夏日午後，太陽懸在高空，好似一顆大火球，炙烤著大地。今天，爸爸忙裡偷閒，特地載著全家到潮州品嘗久別重逢的好滋味——冷熱冰。

冷熱冰乍看只是一碗普通的冰，但內層全是熱呼呼的食材，有紅豆、湯圓、花生、芋頭……十分多樣。小湯圓彈牙可口，大湯圓更多了一層花生香氣，芋頭亦是扎實綿密。而剉冰則是沁涼消暑，糖水更帶有甜甜的蔗香。當熱湯圓遇上溫度極低的刨冰，那口感就如同在熱帶地區中突然降下一場大雪，格外獨特且富有層次。當冰漸漸融化，我想像著刨冰是冰島，而湯圓則是一隻隻可愛的北極熊，想著想著……彷彿置身於極地。

↓第一層：食物。介紹食材與口感，讓人有真實感與畫面感，同時緊扣「熱」與「冰」的關鍵字與概念。

看著眼前這一碗豐富的刨冰，熱騰騰的食材讓我聯想到爸爸平常工作

第二層

於水深火熱之中，而我，則是在學業的世界裡忙得焦頭爛額，那沁人心脾的碎冰好似勤奮後的放鬆及休閒。爸爸也經常出差不在家，但仍時常藉由電話及簡訊問候並關心家人，這就好似冷熱冰，疏離的關係裡包著的是最熱切的親密。而我最愛的芋頭那扎實口感，就如媽媽那家庭主婦般，樸實而有內涵。湯圓則如姊姊的做事態度，凡事講求圓潤而完美。

↓第二層：人際互動。由冷與熱聯想到家人互動的冷淡與熱絡。

第三層

我熱愛冷熱冰，因為我能在它身上看見我自己，在不熟悉的人群前，我總不輕易露出笑容，也不輕易表露心事，總保留了一些自己的空間。只有在最熟悉的親友面前，我才能毫不保留，與他們敞開心房，自在的胡天胡地，嘻笑怒罵。這，不正如冷熱冰寒冷的外表下，內在所蘊藏的熱情？

看著老闆從冒著煙的鍋子裡，舀起一匙食材緩緩倒入碗中，再加上清涼消暑的刨冰。冷熱冰，對我來說不只是消暑涼物而已，更藏著無數的悲歡……。

↓第三層：自我性格。將冷熱延伸至內心世界，讓一碗平凡的冰品映照出性格表現——外冷內熱。

——高雄市立高雄女中／周家綾

因此，大家在思考主題時，除了就主題本身的現實層面思考外，也可以根據關鍵詞，做直接或間接的聯想。

接著，再運用三層次思考法分段論述，文章層次就會比較豐富。冷熱冰是很棒的題材，因為「冷熱」，不僅是溫度上的物理現象，還能寫到情緒感受的心理狀態（見左頁圖表5-3）。

例如：冷漠、冷嘲熱諷、冷眼旁觀、熱情、熱絡、用熱臉貼冷屁股。

圖表5-3　借物抒情

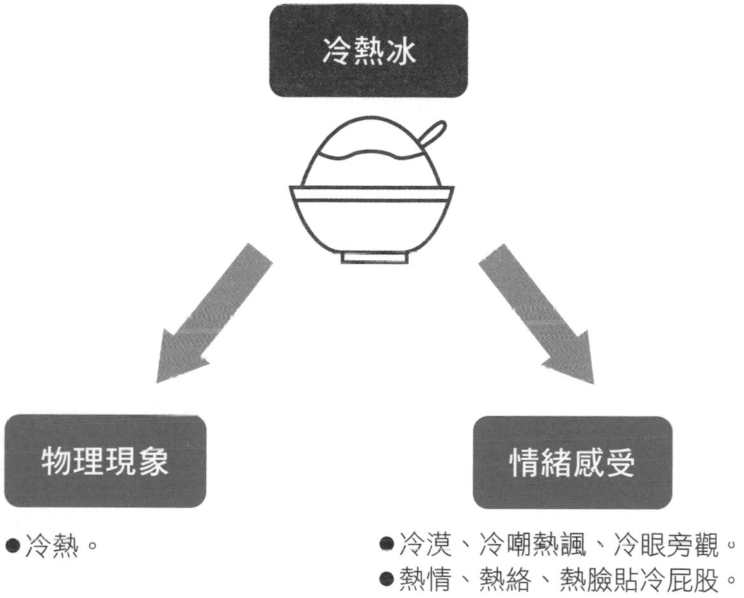
冷熱冰
物理現象
●冷熱。
情緒感受
●冷漠、冷嘲熱諷、冷眼旁觀。
●熱情、熱絡、熱臉貼冷屁股。

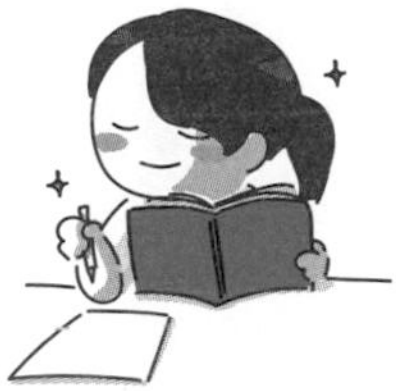

2 寫卡通、寫音樂，寫你正在追的劇

學員有時會說：「老師，我寫不好是因為不能寫自己喜歡的東西！」我總會告訴他們，嗜好或興趣反而是加分關鍵，只是差在該怎麼寫。

我有一位學生，是第一志願男校的數學學霸，曾因表達能力不佳，在高中科學班的考試，明明筆試第五名，口試卻被打零分。

我第一次到他家中上課時，我看到房門口的矮櫃上，放了一把吉他，接著又看到書櫃上整排的電腦程式語言書，以及彩虹小馬（My Little Pony）——除了桌上，就連書包、錢包、鉛筆盒、甚至身上的T恤，也全都是彩虹小馬。當時我還不知道原因，但和他的對話，讓我印象很深刻（見左頁圖表5-4）。

指導過程中，我努力想讓他開口多聊聊自己，直到我問：「你好像很喜歡彩虹

圖表5-4 理工男與我的對話

＊從文學語境思考的慣用方式。

小馬？」這時，他突然眼睛一亮，聲調上揚並掏出手機，興奮的點開彩虹小馬的臉書社團，這才打開心門。

因為被興趣點燃的人，表達慾望完全不同，所以我後來決定用興趣引導他學習寫作，並且讓理工男在文章中加入彩虹小馬。

接著，我們來看一一〇年北區模擬考題「理想的房間」，理工男所寫的範文。對他而言，**彩虹小馬不只是卡通人物，而是接住他人生孤獨時刻的朋友**，還帶出了一段——資優生不被老師與同學理解，而遭受排擠的童年往事。

〈理想的房間〉

房間，是每個人必備的空間，可以使他們專心閱讀，從書中汲取知識，並且安心休息充電。好比廚師需要有他的廚房、工程師需要設計房等。房間裡的空間可以由主人隨意設計，展現主人的個性、興趣、品味。

↓首段先破題，說明房間的功用與重要性，並且點出「房間」是主

人性格與品味的延伸。

如果能擁有一個自己的房間，我會將它打造成書房，將其裝飾成獨一無二的書齋。書房有棕色的和室地板、檜木製的書桌、整面的書牆，書桌的右邊擺放著幾本筆記，一旁放著我愛的幾枝鋼筆，左邊則架設一盞檯燈。四面牆是再生木的拼貼，有一種原野的味道。

↓第二段，寫書房中的空間與格局，讓讀者能有相對應的情境想像，而空間的風格設計則展現了作者的愛好與品味。

在其中可以不受打擾，專心享受閱讀的樂趣。從裡頭往窗外望去可以看到藍天上白雲隨著風飄移、聚集成各式形狀，青綠色的小山丘與天空形成和諧的組合。夜晚時，從外頭看著書房，可以清楚見到一扇窗內發出燭火般柔和的黃色燈光，像是夜空中的一顆星。現代網路資訊氾濫，是大數據的時代，人們都在瀏覽零碎的資料、追求效率的同時，似

運用視角的轉移，點出觀看的樂趣。

乎忘了靜下心來好好閱讀一本書。一個自己理想的書齋，可以讓人集中精神、細細品味咀嚼書中的文字。

↓第三段，藉由不同的視角，從房內向外看，與從外面向書房裡看，點出屋內觀看窗外風景的樂趣，以及從外面看到窗內微光的感受與想像，最後點出房間是讓人遠離喧囂的靜定之處。

要是我能擁有一個自己的私人空間，將它打造成書房，那就再好不過了！步入書房，映入眼簾的先是檜木製的書桌及書櫃，書櫃上層擺放著各式各樣的電腦工具書，如《打好基礎：程式設計與演算法入門經典》，供我隨時翻閱、查找資料；中間住著一本本經典作家的小說集以及現代文學作家的散文集，如馬克．吐溫《競選州長》短篇故事集、林達陽《青春瑣事之樹》以及黃信恩的《高架橋》，能夠習得豐富的寫作技巧並適時激發我的想像力；下層則放著一些數學、歷史、古文、哲學書籍，像是《簡明數論》、《古文觀止》、《人類大歷史》、《護家盟不萌？》等，可以增進

列出具體書籍，展現知識背景。

我的邏輯思考與表達能力。檜木暗沉而不強烈的紅色以及淡香，配上窗外灑進金黃色的柔和陽光，更能使人放鬆，去除心中雜念，精神聚焦在書本上。

↓第四段，將作者的閱讀喜好，藉由不同類型的書籍展現出來。這裡不妨分別舉出兩本到三本書，展現你的知識背景，也是加分關鍵。

書齋中有一部電腦，裡面存放了我學習程式的紀錄，心情雀躍時可以研究複雜的演算法，找幾題難題來檢驗自己學習的成果，靈活的思考以防思想僵化，享受過程中帶給我的樂趣與成就感。心情不好時可以設計一些小遊戲。想像自己是一個魔術師，揮揮法仗便能夠改變這個東西的大小、形狀、位置，又或者想像自己是全能的造物主，設計出自己的一個世界、一套規則，創造出一座機器幫助自己完成事情、解決難題。設計程式時，各項物件密不可分、牽一髮而動全身，這就是程式設計的麻煩之處，也是程式設計的魅力。

↓第五段，藉由興趣是學習程式，讓讀者更進一步認識寫作者所關注的事物，並突顯其能力所在。

書桌上除了一些文具外，也擺放了幾個療癒的玩偶，我最喜歡的是卡通彩虹小馬，因為他們的口號：「友情就是魔法。」深深吸引了我。牆上掛著幾張海報，大都是與影響人生價值觀的卡通有關。我從小就是一個邊緣人，開學剛進入新環境，起初與同學相處得不錯，不知為何過了不久後，大家都開始討厭我，連老師都排擠我，我小時候看到故事書裡寫道：「大家都喜歡好孩子。」於是心智尚未成熟的我，立志當一個好學生，成為大家的好榜樣。上了國中以後，我上課專心認真、考試都考一百分，連運動方面都不遜色，成為了我心目中的好學生，沒想到同學們更排斥我，不與我做朋友，於是我很傷心，一個朋友都沒有的我，只能成日與卡通為伍。在卡通的世界中，我可以將我自己想像成故事中的人物，體會各個角色間的人生故事，有悲傷、有喜悅、有殘酷、有溫

以特定物帶出經歷、作者對友情的渴望。

暖、有欺瞞、有信任。作者刻劃的人物，有時會從他們身上看到過去的自己，有時卻能發現內心的嚮往、想要成為那樣的人。航海王教會我同伴的重要，彩虹小馬讓我學會友情的意義，這些我所在乎所愛的一切，都寄託在玩偶與海報中，在書房裡默默的陪伴著我。

↓這一段描寫《彩虹小馬》、《海賊王》等蒐藏物，用意在於以特定物牽引出一段特別的經歷。因為他曾在學校被排擠，擁有一段孤單的童年回憶，因此彩虹小馬也象徵友情的渴望。

我的書齋就是我最舒適自在的空間，沒有人可以干擾我，我能夠放著莫札特的音樂，靜下心來做自己的研究，學習更多東西，充實自己，這就是人生中最快樂的事，不是嗎？

↓結尾，再次扣題書房，以設問法做結束，總結自己在理想書房中的經驗與體會。

——高雄市立高雄中學／熊育霆

發現了嗎？

最喜歡的物品，背後往往有與你生命對應的價值觀，當你能寫出該物品所帶出的生命故事，以及背後的價值觀時，寫卡通、寫喜愛的流行音樂、甚至追的電視劇，這些都是生命深層感受的「鉤子」，勾出你的回憶，編織出動人的篇章。

小試身手

請大家試著寫下自己最喜歡的卡通，並闡述原因。

舉例：我最喜歡的卡通就是《哆啦Ａ夢》，因為童年時獨生女的我總覺得孤單，所以很羨慕大雄有哆啦Ａ夢陪伴，為他實現大大小小的願望。

我最喜歡的卡通就是＿＿＿＿＿，因為＿＿＿＿＿＿＿＿＿＿
所以＿＿＿＿＿＿＿＿＿＿＿＿＿＿＿＿＿＿＿＿＿＿＿＿＿

我最喜歡的電影就是＿＿＿＿＿，因為＿＿＿＿＿＿＿＿＿＿
所以＿＿＿＿＿＿＿＿＿＿＿＿＿＿＿＿＿＿＿＿＿＿＿＿＿

3 用身體隱喻人生智慧

青春期的孩子，很喜歡把一件事放在嘴邊，當作引人注目的話題，那就是——「性」。但除了把性器官當作髒話或笑話，難道沒有其他的可能嗎？

當我讀到黃信恩醫師這本《體膚小事》時，我推薦給所有中學生閱讀，因為這本書帶領青春期的孩子更了解自己的身體。

那麼，能否以身體為主題，寫出另一種高度？當然可以。**從器官的特性寫出處事哲學**，若你能真心關注它，並且思考它所啟發的人生意義，那麼不必讀四庫全書。只要低頭聞一朵花香，甚至覺察你與身體的關係，就能領悟人生的智慧。

以下摘要一篇優秀作品：

〈足弓人生〉

踏下公車，緩步返家，準備在街口等紅燈時，腳底傳來一陣刺痛感，但痛覺只留在足弓，並未向四面擴散——足弓的足底筋膜炎又發作了。

足弓，位於人的腳板，在力學結構上，以幾條肌肉繫於四周，穩定的分攤人體的重量。有些足弓較符合它的名稱，以完美的曲度微微彎著——而有些則較為扁平，也許從出浴後地上的腳印，可以略知一二。

比起器官，足弓更像一個場所，一個受力、使力的微曲弓形，他多半處在受力的狀態，導致了一個不可避免的現象：足底筋膜炎。人宛如足弓，為了生活弓起自己，承受來自各方面的力：佇足的力，人情的壓力；行走的力，時間的壓力；上樓梯的力，事業的壓力。

足弓承受這一切的力，不交由其他部位承擔，頂多在撐不下去時暫時歇會兒，或以另一個姿勢勉強忍著，完成一天的步伐。人亦如此，身上肩負許多責

> 任，總是一個人承擔，終於在某天，無法堅持時，足底筋膜炎發作了。
>
> （中略）
>
> 發炎的痛是十分局部的，從一開始沒有察覺到痛感，而後漸漸蔓延到周圍的肌腱，人在潰堤時也不一定會被周遭察覺。或許我們對待足弓般的對待自己，從不知滿足；或許足弓的力與人的壓力都在懸崖邊，隨時會超出極限；或許，我們應對足弓、與自己，更加寬容些。
>
> ——高雄市立高雄中學／黃詠恩

作者從足弓的支撐聯想到壓力與人性欲望。接著，藉由足底肌膜炎發作，提醒自己該適時休息與減輕負擔，寫出自己的人生哲學。

另一篇〈盲腸的隱喻〉寫法與上一篇完全不同，**加入了社會關懷的層面，這種寫法在大考時，很容易拿高分**。

〈盲腸的隱喻〉

盲腸，一個處於腸道尾端，看似不起眼。在醫學上，被視為一個邊緣的角色。它雖然毫無用處，實際上，卻是潛藏在身體中的不定時炸彈，何時引爆，無人知曉……。

小五那年，經常在晚飯後，發覺左下腹側隱隱作痛，起初對它視若無睹，也就這樣持續了一個多星期。然而陣痛漸趨頻繁，於是前往診所。醫師直截了當的說：「腸胃炎，簡單的療程後就沒事了。」於是又度過平靜的幾週。一天夜裡，被爸爸猛力搖醒，他沒多說什麼，將我塞進車裡，直奔急診。經過了繁複的檢查，醫師將我送進急診病房。當晚，居然高燒四十一度。原來我得的是盲腸炎，又因病情延宕過久，盲腸爆開，成了腹膜炎。經過兩星期抗生素的轟炸，我被送進手術房，將盲腸的殘骸取出，這段如煉獄般的日子總算告一段落。

多用專有名詞或動詞。

前些日子，隨機殺人事件頻傳，凶手的共同特點就是——「孤僻」。他們就如同人體內的盲腸，存在於社會的隱密角落，但他們不因我們的漠視而消失，反而成為社會上的危險因子，一旦引爆，將難以收拾。如同體內的盲腸，一旦出了什麼問題，上手術臺待宰之苦少不了。因此，我們應該時時留心，並關懷那些社會邊緣人士，如同照顧自己的身體，愛護自己的手足。

盲腸，雖說以一種孤僻的形式存在於體內。但它也是健康的威脅。在我們的漠視底下潛伏著，一旦發威，後果可想而知。社會彷彿我們人體，照顧自己就像關懷社會，我們應重視人體的每個部位，而非孤立特定的器官。在忙碌的生活步調下，盲目的忽略身體警訊，「盲腸」似乎就在暗示著人們，不可墮入「盲目的日常」，點醒我們用一顆微觀的心，洞察生命中點滴靜默的小事。

——國立鳳山高中／林敬淩

從自身聯想到社會，推高層次易得分。

這篇文章是學生的親身經歷，因此能夠寫出許多細節，例如：「高燒四十一度。原來我得的是盲腸炎，又因病情延宕過久，盲腸爆開，成了腹膜炎。」還有吃了兩星期的抗生素。

大家在寫親身經歷時，**可多使用專有名詞或動詞，這能提升故事的真實性與說服力**，切記不要泛論一筆帶過。

第三段將「盲腸」的健康問題，聯想到社會隱密角落仍有許多被人忽視的社會問題，**從自身聯想到社會，推高一個層次，這在大考中是很容易得高分的寫法**。

小試身手

請列出四個器官，並個別寫下延伸聯想。

器官	延伸聯想

4 歷屆考題大比拚

攤開近年的語文競賽題目，大家發現了嗎？有些題目其實重複出現過好幾次，而留意「重複」，正是掌握出題的關鍵。

看到下頁圖表5-5的題目，認真的你可能開始苦惱，天哪！難道我要練寫五十篇作文嗎？萬一又出不一樣的題目，我該怎麼辦？時間有限的你，千萬不能土法煉鋼，而且如果寫五十篇，都不知道錯在哪，那就淪為無效練習。

建議大家，一定好好練習考古題，但最重要的是——**「先分類」，接著再對照大考中心選的範文**，學會其中的寫作技巧。

基本上，題目大致可分為五大類：自我探索、人際互動、社會關懷、教育議

圖表5-5 語文競賽歷屆考題大比拚

學年	國小組	國中組	高中組	社會組	教師組
111	無所不在的感動	世界的另一端	飛揚的青春	**超越**	視野
110	感謝有您	生命的色彩	定位	陪伴	難忘的眼眸
109	那件事，改變了我	我的青春吶喊	適時**轉彎**	與壓力共舞	放眼天下
108	火車頭	善意	**那一次，我迎向挑戰**	辨識真假的智慧	**選擇**
107	做我自己最好	人生是一場尋找	臺灣關鍵字	面對真相的勇氣	自在
106	最美的時光	**分享**	生命的設計師	社會責任	胸襟氣度
105	彩虹	**超越**	生活魔法師	我的圓夢計畫	某位學生給我的啟示
104	寫給颱風的一封信	得失之間	溝通	**選擇**	我最常對學生說的一句話
103	最難忘的一次旅遊	成長的喜悅	鑰匙	改變的勇氣	**突破**
102	印象最深刻的一件事	**突破**	不設限的未來	泥土	**逆風成長**
101	來賽跑吧！	**轉彎**	我的心靈花園	在生命**轉彎**的地方	收放之間
100	**分享**	肯定自己讚美別人	拒絕的智慧	融合	放手讓孩子飛

引用資料：100年至111年全國語文競賽。

找出重複，掌握出題關鍵。

題、印象最深的人事物。

依據年齡可分成以下五組：

國小組

- **自我探索**：無所不在的感動、做我自己最好、來賽跑吧。
- **人際互動**：感謝有您、分享。
- **印象最深的人事物**：那件事，改變了我、火車頭、最美的時光、彩虹、寫給颱風的一封信、最難忘的一次旅遊、印象最深的一件事。

國中組

- **自我探索**：生命的色彩、我的青春吶喊、人生是一場尋找、超越、得失之間、成長的喜悅、突破、轉彎。
- **人際互動**：善意、分享、肯定自己讚美別人。
- **社會關懷**：世界的另一端。

高中組

- **自我探索**：飛揚的青春、定位、適時轉彎、那一次，我迎向挑戰、生命的設計師、生活魔法師、鑰匙、不設限的未來、我的心靈花園。
- **人際互動**：溝通、拒絕的智慧。
- **社會關懷**：臺灣關鍵字。

社會組

- **自我探索**：超越、與壓力共舞、我的圓夢計畫、選擇、改變的勇氣、泥土、在生命轉彎的地方。
- **人際互動**：陪伴。
- **社會關懷**：辨別真假的智慧、面對真相的勇氣、社會責任、融合。

圖表5-6 **語文競賽題型占比**

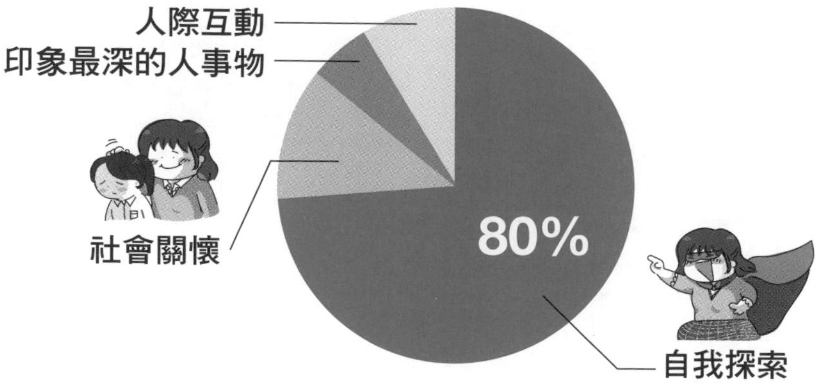

圖表5-7 新式國寫各題型分析

學年	第一題	類型	第二題	類型
112	福爾摩斯、華生不同的生活態度，請分析二人的差異，並說明你比較傾向哪一種。	**自我探索**	花草樹木的氣味記憶	**自我探索**
111	請以「樂齡出遊」為題，寫一篇短文，說明樂齡出遊的意義，並思考如何照顧到長者在生理與情感上的需求。	**社會議題**	當我打開課本	**自我探索**
110	假設「經驗機器」可以讓人享受虛擬的「幸福人生」，你認為將對人類產生什麼影響？你支持開放機器上市嗎？	**自我探索**	如果我有一座新冰箱	**自我探索**
109	對玩具消費看法的差異，它到底是玩物喪志？還是玩物養志？	**自我探索**	靜夜情懷	**自我探索**
108	「中、小學校園禁止含糖飲料」，你贊成或反對？	**社會議題**	溫暖的心	**自我探索**
107	網路時代資訊便於取得，對於記憶和思考力的影響。	**社會議題**	季節的感思	**自我探索**

教師組

- **自我探索**：難忘的眼眸、選擇、自在、胸襟氣度、突破、逆風成長、收放之間。
- **社會關懷**：視野、放眼天下。
- **教育議題**：某位學生給我的啟示、我最常對學生說的一句話、讓孩子飛。

其中，**自我探索題型幾乎占近八成（見第二四六圖表5-6）**。

而從一〇七年到一一二年，從上頁圖表5-7亦可得知，學測新式國寫出題方向大致分為兩類：自我探索、社會議題。

所以接下來，我們要從這兩個面向來整理你自己。

5 興趣九段式，文章好吸睛

你相信嗎？我寫作與教學多年後，發現取材的核心關鍵，竟然是超簡單的四個字——好玩、好吃。

首先是好玩。興趣，是最豐富的大腦靈感資料庫。而練習自我探索題型，最快的方法就是：興趣九段式。

接下來，就讓我們運用興趣九段式，從好玩這個面向，依序整理出你人生投注最多熱情的事情，完成一篇完整的長文。

圖表5-8　興趣九段式

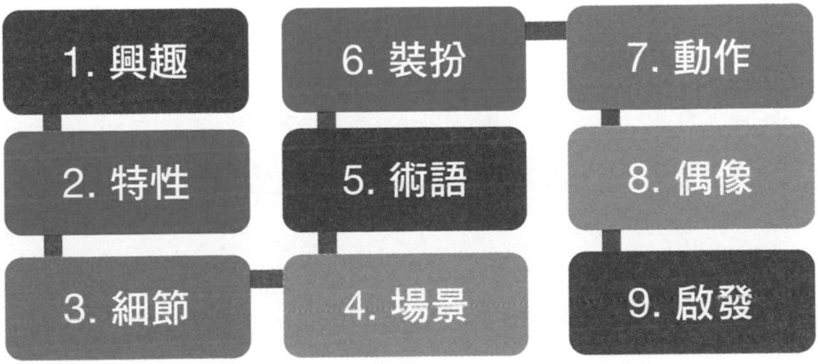

我建議大家在準備考試的過程中，寫得越詳盡越好，先不用管大考文章的字數上限。因為這篇文章的作用在於：建構興趣相關的資料庫。

以下為示範：

第一式：興趣，先分類

我的興趣是舞蹈。從小我就在雲門學習跳舞，不論是現代舞、芭蕾舞、中國功夫，我都非常享受身體律動時的感受。

祕訣：**運用分類，寫出層次與細節**。例如將舞蹈類型分為現代舞、芭蕾舞、中國功夫。又例如興趣是攝影，就可以分成以下：風景類、人物類、建築類。

第二式：譬喻句，寫特性

武功像楷書，遒勁有力；芭蕾像行書，圓滑優美；現代舞像草書，自由奔放。

祕訣：用來比喻的喻依（按：用以比喻的事物），也就是上文的楷書、行書、草書。同一種主題，可用三種不同類型來作比喻，例如譬喻成人：「武功像壯士舞劍，力拔山河；芭蕾像少女摘花，優雅輕盈；現代舞像小兒耍賴，自由自在」。

如上文示範，譬喻句後面可以**加一個四字形容詞，再用排比句加上分號。將句子放在首段或尾段，都會很加分。**

第三式：細節描寫，用實詞說行話

● 芭蕾輕柔優雅：一會兒輕而易舉的單足立地，做出連續十一圈旋轉，一會兒又腳步輕盈的彈跳飛旋、起落滑動。舉手投足之間所散發出的優雅氣息，宛如月光下輕舞的天鵝。

● 武功遒勁有力：眼一望，手一繃，拐腳之後跑圓場，瞬間停步往上踢腿，下地再成弓箭式，雙腳扎根，雙手上擖，精氣飽滿定住神，這些獨特又美麗的身體語言，譜成了一首又一首氣勢波瀾壯闊的史詩。

● 現代舞自由奔放：舞者卸下以往舞蹈服裝的束縛，穿上貼近皮膚的緊身衣，赤腳奔跑，翻滾縮放，舞蹈動作有了更多的可能和選擇，只要勇於嘗試，便能在身體延展收縮、擺晃坐臥之間，認識一個嶄新的自我。

祕訣：**要描寫細節，就多用動作或名詞**。例如：單足立地、拐腳、跑圓場、上踢腿、弓箭式、延展收縮。

但要避免大量的形容詞，以免落入泛論，無法讓人留下印象與產生共鳴。

第四式：場景氛圍

大幕緩緩升起，空蕩蕩的舞臺地板上錯落著兩個小方框的光，像是從窗外灑進來的月光。突然，背景的天幕顏色開始變化，浮現許多若隱若現的線條，同時舞臺上慢慢垂降下一座鞦韆，上面站著一位身穿大蓬裙的舞者。

祕訣：引導讀者進入你的世界，最好的方法是「情境建構」。因此，除了有象徵意義的特殊物品外，寫作**高手都會特別留意光影變化與氛圍感**。不妨花一、兩句描寫場景氛圍。

第五式：專業術語

花之圓舞曲：以花為意象，柴可夫斯基《胡桃鉗》的喜劇結局，花仙子歡樂的為王子與克拉拉戰勝老鼠王，興高采烈的為他們的勝利而舞。隨著輕柔圓潤的音符，在五線譜上跳躍滑動，我彷彿在一座奼紫嫣紅的花園之中，與春之神共舞一首華爾茲。

祕訣：**在敘述興趣時，至少出現三個專有名詞或動詞**，這對內行人而言是暗號，暗示他——我們是同掛的。對外行人而言是趣味，會讓人忍不住停下來多看一眼、多思考一會兒。

找專業用語時，要一句話就能聽懂，千萬不要用太多，否則會變成「不懂子彈」，瘋狂掃射讀者。最後，因為理解成本過高，讀者就會直接登出關機，向你的文章說掰掰。

第六式：造型裝扮

將長髮束起綁成馬尾，在後腦杓盤旋成一個完美的圓形，用髮網將包包頭固定，然後綁上白色花邊緞帶，打成蝴蝶結，再穿上白色緊身衣，配上紫紅襯衣，雙腳套上柔軟的小羊皮舞鞋，一位自信的芭蕾舞者就登場囉！

祕訣：造型裝扮是人物塑造的環節，寫作時不妨**從穿著、髮型、配件等，將自己的具體形象描繪出來**。讀者在想像故事情節時，不僅比較有畫面感，人物刻劃也會鮮明生動。例如跳芭蕾舞時的髮型、或跳現代舞時穿的肉胎衣。

第七式：動作拆解

配合身體的律動，鼻翼微開，雙唇略張，一股流竄全身的氣息，藉由呼吸的吐納，傳達心中的意念，藉由肢體的延展呈現出肌肉線條之美。

汗水低落，眼神交會，吐氣喘息，腳掌擦地，單腳斜撐，舞者一進一退的交錯舞步、翻滾交疊，舞者以身體為筆，以舞臺為紙，以澎湃的熱情為墨，在如夢似幻的燈光下，舞出獨一無二的傳奇。

祕訣：**用慢動作拆解重要動作，將細節寫出來**。

呼吸、眼，這些不易直接看到的部分，可以特別提出來。

第八式：偶像專家

我的偶像是❶創辦雲門舞集的林懷民，他不但將現代舞的技巧發揮得淋漓盡致，並且❷融入了許多中國文學文化與臺灣鄉土的元素，創造了具有現代感的舞蹈表演，例如：❸改編曹雪芹經典小說的《紅樓夢》，以舞姿展現紅樓之中的愛恨情仇。又例如：《狂草》以中國書法為題材，以身體曲線展現動態的線條美感。而在池上稻田中央表演的《稻禾》，則以稻子的生命週期，寄託人生起落，講述人與土地的關係。❹林懷民先生說過一句話，深深打動了我，他說：「要面對自己，改變自己，要求自己。」他就是以這樣高標準的自我訓練，成就了雲門享譽國際的美名，完成了他熱愛舞蹈的夢想，他不僅是臺灣之光，也是引領我人生前進的羅盤。

祕訣：❶**頭銜＋人名**↓創辦雲門舞集的林懷民。

頭銜很重要，不認識人名，但看到頭銜，就會知道他的成就。

❷**特殊貢獻**↓融入了許多中國文學文化與臺灣鄉土的元素。

❸**代表作至少三個**↓《紅樓夢》、《狂草》、《稻禾》。

❹**選名人座右銘時，內容要簡單**。例如：要面對自己，改變自己，要求自己。

若題目是「偶像」、「生命設計師」、「我的座右銘」、「我奉以為圭臬的一個字」等類型，都可以運用座右銘。

第九式：人生啟發

● 肢體動作：

a. 身體彈性柔軟度↓做人處世要能挺直腰桿，面對挑戰，也要能彎下腰身，謙卑請教。

b. 腳步的快慢進退→做人要進退得宜，通權達變。

c. 呼吸吐納→找到適合自己的生活節奏與方式。

- 舞團共舞：團隊合作的精神、勇於表現自我、盡責扮演好每一個角色。
- 與群眾互動：洞察觀眾的情緒、學習與人分享的方式。

祕訣：從動作延伸至人生啟發。三段式思考：從我出發、關係近的他者、關係遠的他們。

〈舞動人生〉

場景　大幕緩緩升起，空蕩蕩的舞臺地板上錯落著兩個小方框的光，像是從窗外灑進來的月光。突然，背景的天幕顏色開始變化，浮現許多若隱若現的線條，同時舞臺上慢慢垂降下一座鞦韆，上面站著一位身穿大蓬裙的舞者。

點出主角身分，預告重點。

↓首段，先建構場景，並運用光線營造氣氛，引導讀者進入情境加以想像。

裝扮 將長髮束起綁成馬尾，在後腦杓盤旋成一個完美的圓形，用髮網將包包頭固定，然後綁上白色花邊緞帶，打成蝴蝶結，再穿上白色緊身衣，配上紫紅襯衣，雙腳套上柔軟的小羊皮舞鞋，一位自信的芭蕾舞者就此登場。

↓芭蕾舞的衣著打扮是很重要的一環，因此作者在此以詳筆刻意描寫細節，增加文章的畫面感與真實感。

我的興趣是——舞蹈。我在雲門學習跳舞逾十年，武功像楷書，遒勁有力；芭蕾像行書，圓滑優美；現代舞像草書，自由奔放特性，它們建構起我的舞藝世界。以芭蕾輕柔優雅，**術語** 搭配〈花之圓舞曲〉，一會兒輕而易

以譬喻加排比句，展現修辭力。

舉的做出連續十一圈旋轉，一會兒又腳步輕盈的彈跳飛旋、起落滑動。舉手投足間宛如月光下輕舞的天鵝。動作細節以武功道勁有力，**術語** 搭配中國風的樂曲〈秦俑隨想〉，眼一望，手一綳，拐腳之後跑圓場，瞬間停步往上踢腿，下地再成弓箭式，雙腳扎根，雙手上撐，動作細節精氣飽滿定神，獨特又美麗的身體語言，譜成了一首氣勢波瀾壯闊的史詩。以現代舞的自由奔放，**術語** 搭配巴哈的〈b小調第二號管弦組曲〉，舞者卸下以往舞蹈服裝的束縛，穿上貼近皮膚的緊身衣，赤腳奔跑，翻滾縮放，舞蹈動作在身體延展收縮、擺晃坐臥之間，認識一個嶄新的自我。

↓開頭以主題句，點出作者的興趣。接著點出在知名舞團「雲門舞集」學習，讓人直接能聯想跳舞的主題。

偶像 我的偶像是創辦雲門舞集的林懷民，他不但將現代舞的技巧發揮得淋漓盡致，並且融入了許多中國文學文化與臺灣鄉土的元素，創造了具有現代感的舞蹈表演，例如：改編曹雪芹經典小說的《紅樓夢》，以舞姿

以專有名詞，表現知識深度。

展現紅樓之中的愛恨情仇。又例如：《狂草》以中國書法為題材，以身體曲線展現動態的線條美感。而在池上稻田中央表演的《稻禾》，則以稻子的生命週期，寄託人生起落，講述人與土地的關係。林懷民先生說過一句話，深深打動了我，他說：「要面對自己，改變自己，要求自己。」他就是以這樣高標準的自我訓練，成就了雲門享譽國際的美名，完成了他熱愛舞蹈的夢想，他不僅是臺灣之光，也是引領我人生前進的羅盤。

↓這段寫出舞蹈領域的偶像，提醒大家要運用偶像的頭銜、特殊貢獻、代表作、偶像名言，描寫成功人物對自己的影響。

啟發 我在舞蹈的世界裡，學會了「身體彈性與柔軟」，做人處世要能挺直腰桿，面對挑戰，也要能彎下腰身，謙卑請教。「腳步的快慢進退」，讓我體悟做人要進退得宜，通權達變。在「呼吸吐納」之間，找到適合自己的生活節奏與方式。在練舞轉圈的過程，挑戰自我的極限，認識自己，了解自我侷限，面對挫折，不輕言放棄。與團隊共舞，讓我學到恰

引用偶像名言，寫對自己的影響。

將動作轉化為人生意義。

如其分的表現自我，與團隊共榮共好成就一部作品的快樂，比獨享個人的榮耀，更加令我熱血沸騰。而與群眾互動的過程，洞察他們的情緒，聚精會神凝視臺下的眼神，雖然沒有透過語言來表達，但身體的舞動卻撩撥觀眾情緒的絃，共創一次完美的感官體驗。

↓這一段是議論段，將興趣中的動作拆解，轉化為人生意義的比附。從自身的身體，到我與他者關係較近的舞團，再到我與他者關係較遠的群眾，作者運用三個層次寫出思考的深度。

場景 汗水低落，眼神交會，吐氣喘息，腳掌擦地，單腳斜撐，舞者一進一退的交錯舞步、翻滾交疊，動作細節舞者以身體為筆，以舞臺為紙，以澎湃熱情為墨，在如夢似幻的燈光下，舞出獨一無二的傳奇。

↓結尾以情景法前後呼應，呼應第一段的舞臺場地，使結構嚴謹而完整；並且運用類疊法：「以身體為筆，以舞臺為紙，以澎湃熱情為墨」，呈現修辭之美。

——高雄市私立明誠高中／郭采寧

6 故事靈感九宮格

「好吃」，是一把超級樸實無華的萬用記憶釣竿，用食物當餌，釣出深層記憶的魚。吃飯是我們天天都要做的事情，東方人不擅長說愛，卻很常將愛藏於美食中，邀請家人、朋友、情人，一起用味覺的鑰匙，通達對方的心。

接下來，我們一起運用故事靈感九宮格，將食物裡的記憶，變成一篇有細節、有感動、有轉折的好故事吧！

先寫下物、人、時、地

首先，在你腦海中想一下，哪種食物印象最深刻。這個食物最好背後有衝突或遺憾的故事。當你想到這個食物時，人、時、地的相關資訊也會瞬間一一浮現。

如果我們在圖表5-9填入以下四個關鍵詞，可能會是一段怎樣的故事？例如：

> 我記得幼兒園舉辦聖誕晚會，老師請家長煮美食分享給孩子們。
>
> 當天有三位媽媽煮了三鍋湯，大鍋的玉米濃湯、中鍋的仙草蜜，而我媽煮了小鍋的南瓜濃湯。
>
> 當天活動結束，媽媽那鍋湯幾乎沒有人喝，我心想，算了，反正媽媽本來煮東西就不好吃，但沒想到隔天中午，我又看到南瓜濃湯，喝一口，心想：「這不是媽媽昨天煮的濃湯嗎？」

圖表5-9 故事靈感九宮格

1. 物	2. 人	3. 時
南瓜濃湯	媽媽	舉辦聖誕晚會
4. 地	**5. 有感好詞**	**6. 五感鈕**
幼兒園教室		
7. 衝突／遺憾	**8. 加意義**	**9. 我學到**

有感好詞金三角

接著，我們來幫主角食物寫故事。

首先，人物設定必須結合食物。例如臺南名產依蕾特布丁，就是一位怕女兒熬夜讀書肚子餓的父親，特地為女兒煮的「父愛布丁」，結果沒想到太好吃，在親友的鼓勵下，最後開店成為超人氣甜點。

大家有讀過小說家朱少麟《傷心咖啡店之歌》，或日本作家東野圭吾的《解憂雜貨店》嗎？這兩本書的最大共通點是：**情緒形容詞**。

沒錯，**在物品的前面加上情緒形容詞，就能立刻暗示讀者**，這篇文章的情緒設定，跟故事情節的發展走向。

而**擬人化動詞，其實就是影像的動畫效果**，我們在皮克斯（Pixar）或迪士尼（Disney）卡通中，常能看到玩具、食物、器具擬人化，做出許多逗趣的動作，還能表達內在想法。

因此，運用擬人化動詞，也可以讓描述的主角變得更立體，而且具有獨特性。

我將這方法稱為「有感好詞金三角」（見左頁圖表 5-10），也就是人物設定、情緒形容詞、擬人化動詞。

以上述的南瓜濃湯為例：

- **人物設定**：媽媽的南瓜濃湯。
- **情緒形容詞**：難堪濃湯。
- **擬人化動詞**：想哭的南瓜濃湯。

運用九宮格（見下頁圖表5-11），如下：

這時我旁邊的同學，喝了一小口湯，大喊：「這什麼東西啊？怎麼這麼難喝。」當下我覺得超丟臉，媽媽煮的不是南瓜濃湯，是難堪濃湯。我希望媽媽願意去設想別人的感受，不要當一個自我感覺良好的人。

圖表5-10　有感好詞金三角

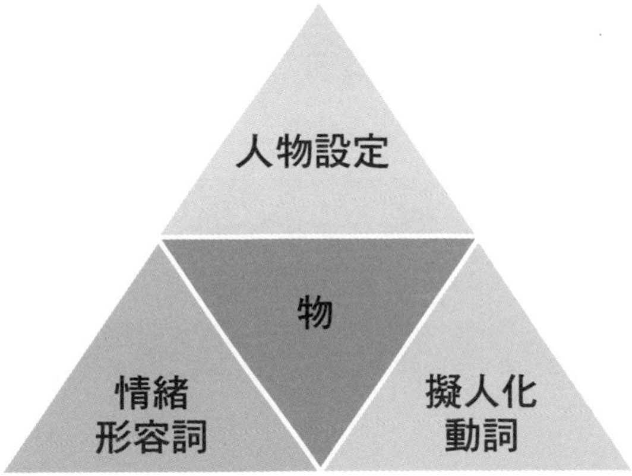

五感摹寫，先寫聽覺

下一步，我們要找出自己的五感慣用鈕，也就是五感摹寫——視覺、嗅覺、聽覺、味覺、觸覺。每個人都有自己習慣的思考方式，通常沒有靈感時，從自己慣用的感官開始，就會比較有想法。

但在這裡，我提點大家五感摹寫的小技巧，那就是——順序。

建議大家在寫五感摹寫時，**不要從視覺開始，而是從較抽象和距離較遠的感官開始**（見左頁圖5-12）。

想像你現在走進電影院，正準備要看一部鬼片，如果一開始就看到最恐怖的畫面，你可能會被嚇到，但心裡最多會想：「就這

圖表5-11 故事靈感九宮格

1. 物	2. 人	3. 時
南瓜濃湯	媽媽	舉辦聖誕晚會
4. 地	**5. 有感好詞**	**6. 五感鈕**
幼兒園教室	**難堪濃湯**	
7. 衝突／遺憾	**8. 加意義**	**9. 我學到**

樣喔！」

反之，如果換個方式：一開始先放恐怖的背景音樂，隨後座椅有按摩效果，突然像一隻手從你的後背滑下來，接著又傳來一陣燒焦的詭異味道，最後才出現恐怖畫面。

後者是不是比較嚇人？

還有，聽覺、嗅覺和觸覺，特別容易牽動深層的記憶與情感。你一定也有過這樣的經驗：聽到某首歌就突然想起往日某個情境，又或者出國聞到統一肉燥麵，就會想念臺灣。

很多人經常先寫視覺，寫完後就直接句點，但其實你只要更動順序：**先寫聽覺、嗅覺、觸覺，最後再寫視覺，就能順利的將句子變長**，感官體驗也會更加有層次變化。

至於味覺比較特別，因為不一定每個情境都能寫到味覺，所以通常會先寫視覺，而後再寫味覺。

圖表5-12　五感摹寫的順序

7 最佳調味：衝突加遺憾

故事有兩種最佳調味料，那就是：衝突、遺憾。

故事的高潮與轉折，通常都與飽滿的情緒有關，因此衝突的情緒基底是「憤怒」；遺憾的情緒基底是「悲傷」。

皮克斯動畫《腦筋急轉彎》（*Inside Out*）裡，以五種情緒作為代表，分別是：樂樂、憂憂、厭厭、怒怒、驚驚。為了讓我們成為更好的自己，每一種情緒都有其存在的必要。在電影最後，女主角還學會樂中帶憂、怒中帶驚、厭中帶樂，更成熟的表達出情緒的多種層次。

不過，許多人在寫文章時，最容易犯的錯誤就是：文章的情緒基底以樂為主。尤其是品學兼優又乖巧的人生，比方說，寫到彈鋼琴，閱卷者大概不用往下看，就知道後面的邏輯：認真練習↓參加比賽↓榮獲佳績↓感到自信。

這真的是好學生作文魔咒，經常出現的套路，但這不能怪學生，因為人生真實經歷尚且不足，所以我們要做的是：**放大情緒，聆聽內在的小聲音**。

就算是自己的興趣，過程中也肯定會經歷撞牆期，又或者覺得無趣、疲乏。好比我雖然喜歡寫作，但有時也會苦無靈感、自我否定，或突然感到迷惘。

這時不妨靜下來，觀照旁支被你壓抑、或放到角落尚未處理的感受或情緒，就會看到情緒的轉折點。

千萬不要一根水管通到底，急著把豐功偉業的結果寫出來，一下子便無話可說了。那麼，怎麼寫？

衝突可分為：外在與他者的衝突、內在與自己的衝突。無論你是性格直率或溫和委婉，行為外顯或感受內隱，都能夠找出細微的磨合點或不合處。例如：

Ⓐ碰！的一聲，我關上了房門，Ⓑ也關上了心門。

（Ⓐ外在行為衝突＋Ⓑ內在感受）

數落的話語如撲面而來的槍林彈雨，Ⓐ我面無表情，因為真正刺耳扎心的，Ⓑ不是別人的冷嘲熱諷，而是我對自己的無言以對。

（Ⓐ外在行為看似沒衝突＋Ⓑ內在與自己的衝突）

至於遺憾，則是心中浮現：「**早知道……我就……**」，或「**如果……我會……**」的語句。例如：

- 早知道會傷阿媽的心，我就不該這麼衝動說出那句話。
- 如果時光倒流，我會跟阿媽說：「謝謝妳總是記得我最愛喝香菇雞湯，但阿媽我也想帶妳去嘗試我最近吃到的美食，好嗎？」

衝突與遺憾可以疊加使用，先衝突、後遺憾，這會讓故事張力更為飽滿。

然而，**當你真的沒有衝突與遺憾時，該怎麼製造情節的轉折？選用另外一組——「反差」與「意料之外」**。這組合通常用在觀察事物本質，或較為輕鬆愉快的情境中。

承上例的南瓜濃湯故事，其衝突是（見圖表5-13）：

當天活動結束，媽媽那鍋湯幾乎沒有人喝，我心想，算了，反正媽媽本來煮東西就不好吃。但沒想到隔天中午，我又看到南瓜濃湯，喝一口，心想：「這不是媽媽昨天煮的濃湯嗎？」這時我旁邊的同學，喝了一小口湯，大喊：「這什麼東西啊？怎麼這麼難喝。」當下我覺得超丟臉，媽媽煮的不是南瓜濃湯，是難堪濃湯。

圖表5-13　故事靈感九宮格

1. 物	2. 人	3. 時
南瓜濃湯	媽媽	舉辦聖誕晚會
4. 地	5. 有感好詞	6. 五感鈕
幼兒園教室	難堪濃湯	嗅覺
7. 衝突／遺憾	8. 加意義	9. 我學到
媽媽的湯被同學嫌棄		

8 多寫「我學到」

好文章大都不是純粹的議論文、抒情文、或記敘文，但無論是哪一種文體，都一定有作者的立意，而這個立意背後的底層邏輯，如果是偏向客觀多一點，就會呈現理性思考。反之，主觀多一些，就容易呈現出感性抒發。

平常我們說：「這有什麼『意義』？」這兩字其實作用是有差別的。「意」較偏向個人主觀的想法或感受，而「義」則較偏向公眾客觀的道理或規則（見左頁圖表5-14）。「意」的感性成分較高，「義」則偏理性為主。

因此，當我們在寫「加意義」的部分，至少可分為兩個層次。

舉例來說，在文章後半段（通常在最後一段或倒數第二段），就可以加入意義，和思考「我學到」什麼。再以〈難堪濃湯〉一文為例：

江振誠發明了料理「八角哲學」：「獨特（unique）、純粹（pure）、質（texture）、憶（memory）、鹽（salt）、南法（south）、工藝（artisan）、風土（terroir）」，告訴顧客他對食物深刻的體會。

他讓我領悟到，原來「吃」是一種智慧，簡單食物只要有心就能創造「人生好食光」。

現在長大懂事的我，知道母親身為一位職業婦女，「忙」使得她在身心俱疲之餘，還為我努力烹飪，「忙」使全家人很難好好品嘗一道菜，也很少有機會真正品味人生，當年的「難堪」至今才懂是「難得」。

——高雄市立中正高中／馮華霆

圖表5-14 **從兩種層次加意義**

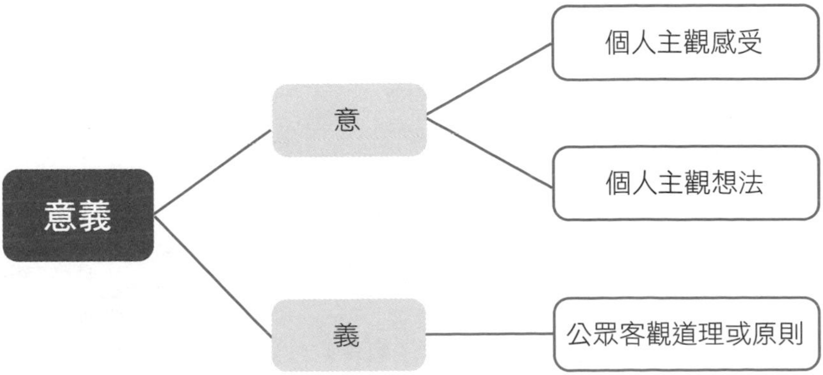

作者在長大後，雖能理解母親不太會料理，但他能體會母親再忙，也要為家人親自下廚的用心與辛苦，因此將觀點從「食物美味與否的評價」轉換為「烹飪者的用心」。

再次提醒大家，**只要觀點轉換，便很容易寫出新的看法**。日常在看待事情時，不妨嘗試正反觀點，或三種不同觀點。

接下來，請在「加意義」和「我學到」的兩格，填上內容（見圖表5-15）。

恭喜你！已經完成故事靈感九宮格。南瓜濃湯的完整版，請掃描 QR Code。

〈難堪濃湯〉完整文章。

圖表5-15 故事靈感九宮格

1. 物	2. 人	3. 時
南瓜濃湯	媽媽	舉辦聖誕晚會
4. 地	5. 有感好詞	6. 五感鈕
幼兒園教室	難堪濃湯	嗅覺
7. 衝突／遺憾	8. 加意義	9. 我學到
媽媽的湯被同學嫌棄	**當年的「難堪」，至今才懂是「難得」。**	**只要有心就能創造「人生好食光」。**

故事靈感九宮格中的「物」，不僅可以寫食物，也可以任意抽換成其他的物，例如：

- **玩具**
（玩物喪志還是玩物養志、寫給玩具的一封信）
- **紀念品或蒐藏品**
（未成功的博覽會、如果我有一座新冰箱）
- **花草樹木**
（花草樹木的氣味記憶）

這張靈感九宮格，並不僅限於食物。

例如一〇九年新式國寫測驗題目：「對玩具消費看法的差異，它到底是玩物喪志？還是玩物養志？」或「如果我有一座新冰箱」、「靜夜情懷」等題目，都可以運用靈感九宮格的元素，寫出一篇有故事張力、哲理反思、文學技巧的好文章。

我常提醒學員：**發生了一件好事，不代表你能把它寫成好故事**，所以如果你有一個好題材，不妨在每一次的寫作中，就一直反覆寫。

因為只要是你真心喜歡，或特別印象深刻的事、論據典故，你就會從不同角度，都能連結到它。

不用怕別人看膩，因為大考閱卷老師只會看你的文章一次，而那一次便是你反覆練習後，最好的一次。

本章重點

- 三層次思考法，小題能大作：食物→人際互動→自我性格。
- 運用興趣九段式、故事靈感九宮格，從好玩、好吃兩個面向，依序整理你的人生，完成一篇長文。
- 先寫聽覺、嗅覺、觸覺，最後再寫視覺，感官體驗會更有層次變化。
- 最佳調味：衝突和遺憾，多寫「我學到」，就能寫出新的看法。

小試身手

接下來換你試試看，運用靈感九宮格，以「坐上食光機」為題，寫一篇從食物讓你聯想到的一段故事，進而得到人生的啟發。

1. 物	2. 人	3. 時
4. 地	**5. 有感好詞**	**6. 五感鈕**
7. 衝突／遺憾	**8. 加意義**	**9. 我學到**

第六章

職場寫作，人生加速推進器

1 自傳履歷範本，你值得被看見

在自媒體興起的時代，寫作不僅僅是一種技能，更是從吸睛到吸金一種必備的能力。儘管AI（Artificial Intelligence，人工智慧），能夠加速一篇完整文章的產出，但我們仍須具備基本的寫作知識與邏輯，才能事半功倍。而在寫作中，我認為**最重要的就是邏輯與架構**。

其中效果最好、最簡單的一招，就是：**合分合法＋主題句＋關鍵詞**，我稱之為「以一應萬架構法」（見左頁圖表6-1）。

不管是作文考試、職場寫作或公開演說，都能運用這套方法。為何能通用？

首先，請大家看一下，職場寫作與公開演說的共通之處（見左頁圖表6-2）。從時間、破題，到受眾，文章皆須扣題闡述，精準傳達。

圖表6-1 以一應萬架構法

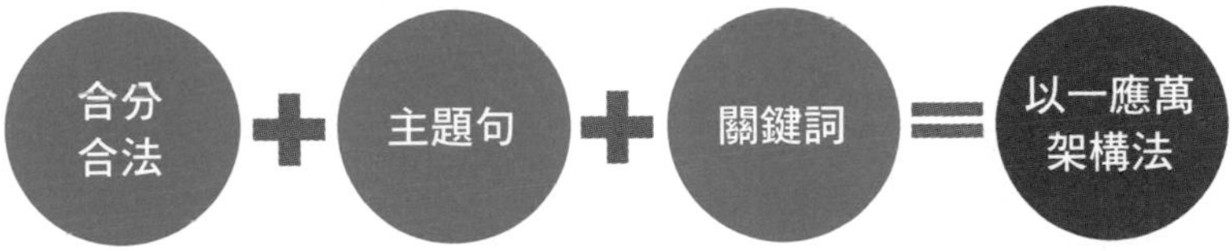

圖表6-2 職場寫作與公開演說的共通處

項目	作文	職場寫作	公開演說
時間	有限制 （50 分鐘～ 90 分鐘）	有限制 （越短越好）	有限制 （5 分鐘～ 3 小時）
破題	開頭	開頭	開頭
受眾	閱卷老師	同事、上司、合夥人、消費者。	競賽評審、對主題有興趣需求者、一般民眾。
資訊傳達	扣題闡發	精準正確	精準正確
題目	大考中心出題	● 工作交付事項。 ● 解決商業問題。 ● 履歷自傳。 ● 經營個人品牌。	● 大眾關心的主流議題、內容。 ● 解決大眾問題的主題。 ● 競賽類別指定的主題。
身分立場	學生	員工、同事、老闆、商家、創作者。	專家、競賽者。

以下，示範一篇一分鐘面試臺鐵招考的自我介紹講稿。

各位評委大家好，歡迎搭乘〇〇〇（人名）列車，本列車共停靠四站。

第一站：家庭。前年與先父一起完成「臺鐵環島之旅」，啟發了我對臺鐵的熱情。

第二站：專業。我擅長處理客訴、預防公安危機、配合加班輪班、拓展業務策劃等能力。

第三站：興趣。我熱愛極限運動，例如：登峰百岳，健身重訓。

第四站：臺鐵。我希望將父女之情，轉化成大愛，讓長輩享受「樂齡出遊」的美好，感受當年父親搭車環島的體驗。

最後，感謝搭乘本列車，期待給您最佳體驗。

——周妍婷

運用分論法，將內容加以分類，再加上主題句與關鍵詞，就能讓整篇講稿聽起來井然有序、條理分明。

在職場，華美修辭與掉書袋的炫技反倒會弄巧成拙，有條理而誠懇的展現真實自我，更能得到職場長官的青睞。

職場最常見的自傳履歷與自我介紹，便可以使用這種方法，以下示範如何從一分鐘的自介講稿，擴寫成一篇臺鐵自傳（約五百字）：

自傳

歡迎搭乘〇〇〇（人名）列車，本班車將停靠，**「家庭」**、**「專業」**、**「興趣」**、**「臺鐵」**等站，敬祝您旅途愉快。

第一站：「家庭」。

去年與先父完成夢想「臺鐵環島之旅」。行動不便的長者樂齡出遊，遇到諸多不便，但臺鐵愛心服務「待客如親」的態度，讓我們有良好顧客體驗。

第二站：「專業」。

一、高效處理客訴：解決客訴，提供立即服務，榮獲年度動力火車獎。

二、預防公安危機：建築漏水、賣場跳電，插座走火，先安顧客心，盡速解決事情。

三、配合加班輪班：加班進行賣場施工進撤，與團隊輪班完成。

四、拓展業務綜能：擅長品牌洽談活動方案，跨部門與企劃推動，業績長紅。榮獲年度臺灣阿誠獎，Nike 南臺灣 outlet 業績第一名網路新聞報導。

五、職場貴人提攜：感謝前主管栽培指導專業賦能，讓我勝任工作。

第三站：「興趣」。

樂於接受挑戰，與好友「登峰百岳」，熱衷重訓健身，研習健身教練課程，考取體適能C級指導員。

第四站：「臺鐵」。

火車是封存感受的載體。作家余光中的《記憶像鐵軌一樣長》讓我想到父親雖已不在，但環島列車還在；父親雖已無法再上車，但我能讓即將上車的長輩，再次感受當年父親搭車環島的美好體驗，這是我想進入臺鐵最重要的原因與熱情所在。

○○○（人名）列車已到站，期待給您**「體貼溫暖」**、**「專業服務」**、**「極限體能」**、**「樂齡出遊」**的搭乘體驗。

——周妍婷

2 看金鐘獎影片，國寫成績三級跳

恭喜！讀到這裡，你已經拿到了高分作文的快速通關票。前五章，我從應考者與閱卷者的角度，拆解了微不足道的小事，卻能發揮關鍵性的影響。第六章，我將用生活實例——職場寫作、短影片、主持稿、流行歌詞，帶大家體驗一下，原來寫作思維這麼簡單有趣又好用。

每到考試前夕，總是因被考試壓力追得喘不過氣，或是沒空練寫作，而想直接放棄？

接下來，請你給自己六分鐘，經過五個步驟，立刻笑著多一級分。

首先，請到 YouTube 搜尋「金鐘獎開場影片」，或是直接掃描左頁 QR Code，觀看影片。

接著，請你花三分鐘讀接下來的分析，不只作文加分，更棒的是，這架構還適用於簡報設計與演說稿撰寫。

以下我將分點搭配圖解說明：

請掃描QR Code，觀看影片。

第一步：相同情境，首尾呼應

影片開頭從九天玄女（按：由YouTuber阿翰扮演的角色）開始，結尾在九天玄女結束，這就是寫作技巧中常用的「**情景法**」＋「**首尾呼應法**」（見下頁圖表6-3），讓觀眾在閱讀作品時，不會有虎頭蛇尾，或草草了結，或根本沒有結束的不佳感受。

第二步：分點論述，總括重點

開場影片的目的是什麼？當然是獎落誰家，因此這部影片串聯五部入圍影片。切換到寫作文，也就是根據題目，依序分段論述。怎麼做？三點分論。數字三是萬用數字，無論在寫作或演說，都能讓你在有限時間內，做出有深度的論述。

第三步：借物轉場，跨越時空

在影片中，你一定有發現「發光發光閃閃發光」，光代表的就是「意識流動」，而段落之間要有關聯，就可以運用相同的意象物。例如：豬腳與茶杯；或相似結構，例如：巧克力棒與手電筒都是棒狀物。

許多人文章寫不長，並不是真的沒想法，而是不知道方法，因此大腦在搜尋資訊時，常常就此卡關。

然而，作文從來都不是問真實事件，而是你能否連結自身的知識或親身見聞，重新輸出文章。

比方說，將人生不同時間點、不同空間，也可以是書中、新聞事件、甚至是電競遊戲，任何與論點可以連結的資訊，都把它

圖表6-3 首尾呼應＋分點論述

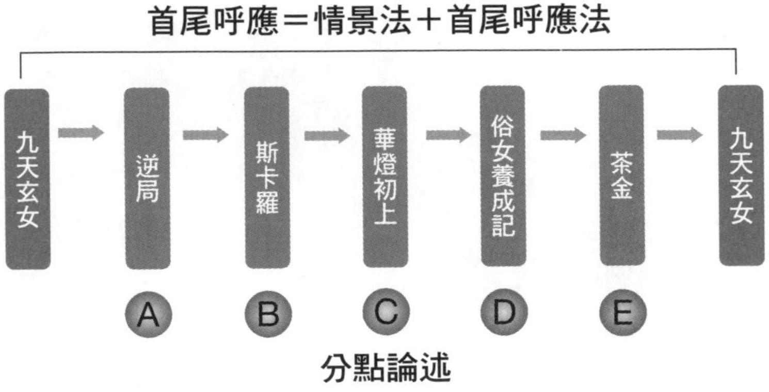

們串聯起來，這下子就不怕寫不出來。

第四步：貼心讀者，重點回顧

想看看從第一秒到第五分鐘，這段距離如果換算成馬拉松跑者跑出第一步，到五公里遠的那一步，觀眾還記得路途上的風景嗎？

對抗遺忘曲線[1]（Forgetting curve）的不二法則，就是「重複」。

因此，阿翰在片尾的地方說：「今年金鐘獎的五個重點，首先要擁有『逆局』般的魄力；同時也要有『華燈』的優雅；也不能忘了『茶金』的精明；當然也要有『俗女』的灑脫；最後更要擁抱『斯卡羅』的多元。」

你發現這裡的表達策略了嗎？

答案是：**善用「關鍵詞」回扣**（這裡指入圍片名，見下頁圖表6-4）。**這在寫作上面，稱為「扣題」**。

1 德國心理學家艾賓浩斯（Hermann Ebbinghaus）提出的概念，指出人們記憶的資訊，在二十分鐘後會被遺忘掉四二%，一小時後遺忘五六%，一天後則有七四%被遺忘。

在結束段使用這個方法，能讓讀者印象深刻，再次快速回顧重點。

第五步：開頭破題，結尾扣題

最後，這支開場影片是為何而拍？當然是為了金鐘獎而拍。

所以在影片一開始，主持人就說：「老師，是這樣子的啦！今年我要主持金鐘獎。」一句話點出這支影片的主旨——一場精采的金鐘獎主持秀（見左頁圖表6-5）。

其實在寫作上，這就是**「破題」，直接說明定義、主張或目的**。

接著，阿翰在影片最後說：「讓我們歡迎最仙、最有氣質的，第

圖表6-4 借物轉場＋重點回顧

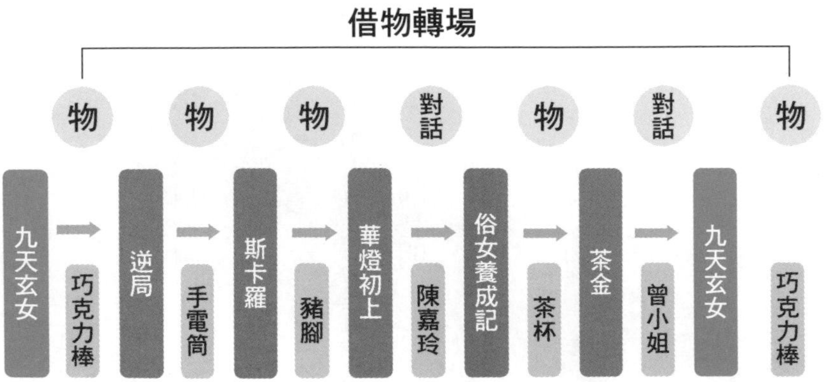

用關鍵詞回扣，重點回顧。

五十七屆電視金鐘獎，戲劇類頒獎典禮主持人——曾寶儀。」

這句話再次點明這支影片的目的，就是為了五十七屆、電視金鐘獎、戲劇類、頒獎典禮主持人曾寶儀，這四個關鍵詞。

這個方法也是「扣題」，提醒讀者或觀眾的主題為何。

尾段扣題的好處是，當你文章引用大量資訊，又或者引導讀者像觀光客出發到景點時，**思路會隨你引導而發散出去**。

下次寫文章或參加考試，記得開頭破題、結尾扣題，就能讓人快速知道文章重點。

圖表6-5　金鐘獎，拆解寫作思維

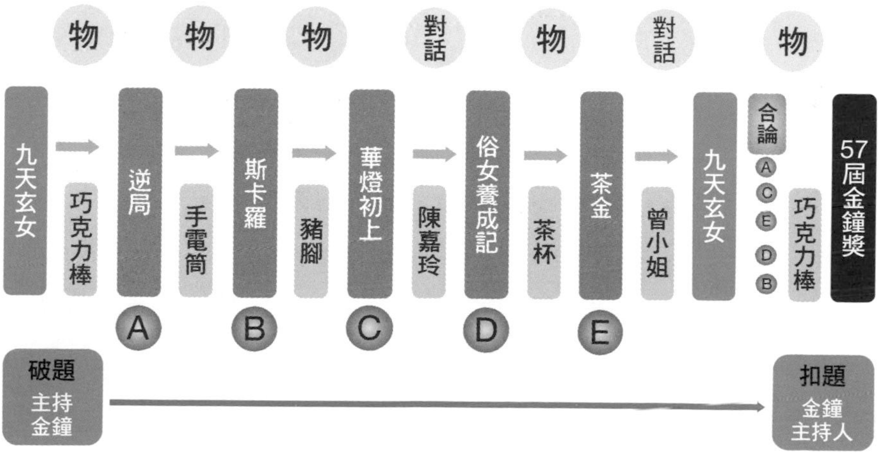

小試身手

舉例：

- **最壞事實**：阿根廷知名足球員梅西，在十一歲時被醫生診斷出患有生長激素缺乏之症。
- **最好結局**：成為獲獎無數，屢破紀錄的當代傳奇球王。
- **組裝成文章**：雖然阿根廷知名足球員梅西，在十一歲時被醫生診斷出患有生長激素缺乏之症。但在他堅持不懈的努力及貴人提拔下，最終成為獲獎無數、屢破紀錄的當代傳奇球王。

練習：

3 天下沒有不能用的例子

面對連環考，你是否已經考到焦頭爛額？

讓我們一起用「SCRIPT」腳本寫作法（見圖表6-6），拆解主持人曾寶儀的說話技巧。

不要懷疑！先學好好說，後學寫作文，兩者間有緊密關聯。

圖表6-6 SCRIPT腳本寫作法

法則		寫作技巧
S	找亮點（**spotlight**）	把「不起眼」變「亮眼」
C	創話題（**create a topic**）	最壞事實＋最好結局
R	新定義（**redefine**）	偷換概念、雙關語，抓人心
I	我看見（**I see**）	畫面感＋拆解動作
P	找停頓（**pause**）	適時斷句＋留白
T	拋與接（**toss and catch**）	問答法＋專屬關鍵詞

找亮點（spotlight）：把「不起眼」變「亮眼」

寫作考試，最怕什麼？大多數的學生，甚至比賽高手，最常說：「沒有例子，腦袋一片空白。」

分享一個重要的觀念，那就是：「沒有不能用的例子，只有不會想的腦袋。」

面對寫作，可以用「**三不一沒有**」法則：

- 不急下筆先架構。
- 不要對大腦說不。
- 不起眼也能亮眼。
- 沒有不能寫的題材。

面對你自己的人生，是否曾用心照見呢？

我們都以為好材料很難找，但其實最好的材料就在自己身上。只是大部分的人都被傳統教育觀念給綁架，忽略自己的親身見聞。例如：要用名言錦句、華辭麗藻、列舉名人事蹟，或者是以為一定要很厲害，不斷的否定自己。

現在，我想邀請你，先感恩很棒的自己，再靜下來品味「**三最雞尾酒**」，分別是：**生命裡最喜歡、最感動、最痛苦的人事物**。

那些深刻有感的體驗，就是照見自己的光，那些等待被你產出的故事，正等著你挖掘出來。在這過程中，你會更懂自己，寫文章是整理自己最好的機會。

創話題（create a topic）：最壞事實＋最好結局

承接前面提到的金鐘獎，主持人曾寶儀說：「我們的謝盈萱，入圍了兩個女主角，謝盈萱叫我今天在臺上跟大家說，她已經入圍了七次金鐘獎，都沒有得過，請大家不要忘記，太大聲了，如果她得了兩個女主角，左手一個、右手一個，也有可能會有兩個獎金喔！」

- **最壞事實**：入圍七次沒得過一次。
- **最好結局**：入圍兩齣戲最佳女主角，又同時雙得獎。

轉換成寫作，當你在寫自己的故事時，不妨先寫已發生過的「最壞事實」，再將可能的「最好結局」想一遍。接著，將想像中的畫面描寫出來，然後思考要怎麼做才能達到最好結局，就能完成自我探索類型的文章。

新定義（redefine）：偷換概念、雙關語，抓人心

以「講」送「獎」，善解與精準的語言，往往比獎座更深入人心。

曾寶儀別出心裁的為大家做最好的示範，她說：「我請導播 focus 在我最『胸猛的部位，你會看到《茶金》；我挺肚的時候，你會看到《孟婆客棧》；在我『偏心』的時候，是《俗女養成記2》；而在我『背後支持』著我的，是《斯卡羅》與《良辰吉時》。」

偷換概念，是寫作者常用的一種小技巧。所謂的諧音雙關，是聲音相同但用字不同的偷換技巧。例如：最「胸」猛的部位，大家常聽到的是「凶猛」一詞，這也是用「已知」連結「新知」的一種語文技巧。

另外，諧義雙關是用字相同，但意義改變。所以上述說的「偏心」並非原先有

所偏好喜愛的意義，而是在原意上多了「偏向我心臟的位置」，一語雙關，趣味橫生。例如：

- **賤人就是矯情**↓健人就是腳勤。
- **芋頭酥老梅餅薑黃酥禮盒**↓芋見梅好薑來禮盒（遇見美好將來）。

建議大家多多善用這詼諧的技巧，在溝通與寫作上，都是很有效的方法。

我看見（I see）：畫面感＋拆解動作

在一開場，曾寶儀先說自己是昨天沒得獎的主持人，接著說：「但做這行就是這樣，不管我們得不得獎、有沒有上臺、有沒有入圍，如果明天早上通告單上寫五點，我們還是會調好鬧鐘，出門開工。但也就是我們這麼喜歡這個行業的一個原因，我們會為了它，睡少一點，因為我們真的很愛它。」

這一段話，她將每個演員的日常動作分段、拆解，每一個小動作，這時被喚醒的不僅是腦中記憶，還調動了身體記憶。當身心同時都被感動，你說，臺下的演員們，能不認真投入到頒獎典禮之中嗎？

轉化到寫作技巧時，也是同樣的概念。

例如大家熟知的朱自清〈背影〉中寫父親的經典敘述：

我看見他戴着黑布小帽，穿着黑布大馬褂，深青布棉袍，蹣跚地走到鐵道邊，慢慢探身下去，尚不大難。可是他穿過鐵道，要爬上那邊月臺，就不容易了。他用兩手攀着上面，兩腳再向上縮；他肥胖的身子向左微傾，顯出努力的樣子。這時我看見他的背影，我的淚很快地流下來了。

這便是**善用畫面感**、**動作拆解**，寫下經典名篇。

找停頓（pause）：適時斷句＋留白

曾寶儀主持過程中，十分擅長用停頓替觀眾畫重點，以及用時間留白讓現場情緒發酵。被她點名到的演員，儘管一開始都有點忐忑，但最後都能安心，甚至雀躍享受著頒獎歷程。

這些情緒的疊加與轉折，都需要時間留白，讓情緒蔓延，才能達到最佳效果。

轉換到寫作時，如何製造停頓與時間留白？

答案是：**善用標點符號**（詳情請見第七十頁）。

拋與接（toss and catch）：問答法＋專屬關鍵詞

為了將現場氣氛推到極致，曾寶儀唸出《俗女養成記2》經典臺詞：「五萬九千九、五萬九千九。」謝盈萱立刻嗽嘴回應：「還加能量水，還加能量水。」現場爆笑聲不斷，掌聲如雷。

大家發現了嗎？這裡用「專屬關鍵詞」，讓受訪者接收到主持人的誠意與用心，並且以問答法拋出問題，就像投手與捕手傳接球一樣，成功用經典臺詞，營造現場吸睛笑果。

轉換成寫作時，專屬關鍵詞的最大作用，在於讓對方知道「你真內行」、「真實可信」。

每個人都該當自己人生典禮中的最佳主持人，用寫作探照打亮過去、現在、未來的自己。主持人曾寶儀為我們示範了一堂溫暖人心的說話課，也教會我們，善解自己、覺察自我，是很重要的寫作思維。

4 恩師林秋離教會我的寫作課

歌詞是短小、影響力卻最廣、含金量最高的文字創作。我的恩師金曲獎作詞人林秋離老師，不僅傳授寫作，還教會我如何用寫作思維過生活。

接下來，我想分享歌手林俊傑的〈江南〉。以下為歌詞：

風到這裡就是黏　黏住過客的思念
雨到了這裡纏成線　纏著我們流連人世間
妳在身邊就是緣　緣分寫在三生石上面

愛有萬分之一甜　寧願我就葬在這一點
圈圈圓圓圈圈　天天年年天天的我　深深看你的臉
生氣的溫柔　埋怨的溫柔的臉
不懂愛恨情仇煎熬的我們　都以為相愛就像風雲的善變
相信愛一天　抵過永遠　在這一剎那凍結了時間
不懂怎麼表現溫柔的我們　還以為殉情只是古老的傳言
離愁能有多痛　痛有多濃　當夢被埋在江南煙雨中　心碎了才懂

這首歌究竟用了什麼寫作法寶？

一、體感經驗法

一〇八年七月，我和林秋離老師同遊杭州。當我從機場冷氣房走到戶外時，突然心頭一震，腦袋閃過了「風到這裡就是黏」這句歌詞。

當下我全身起雞皮疙瘩，因為過去聽這首歌時，我從未想過會有如此精準的體感經驗。如蒸氣室的蘇州，全身就像熱敷溼溼黏黏的面膜，那黏膩感，是整個夏天都甩不掉的感覺。

「黏」字是從地理氣候的觸覺感受脫胎而出的字，看似平凡無奇，實則極簡之中，卻蘊藏不凡的巧思。

二、轉化法

歌詞開頭兩句，是進歌的重要位置，在歌詞寫作上，必須越快勾住聽眾耳朵越好，因此稱為「Hook」（鉤子）。所以，「風到這裡就是黏，黏住過客的思念」兩句十四個字，無一個冷僻生澀字，卻用轉化法，將風擬物化，**以「黏」字將風轉化為有黏性的物品。**

三、頂真法

整首歌，圍繞著「黏」字開展，不僅選字如此，形式上也運用頂真法，讓文氣接續不斷，音斷氣連，字斷意連，將幽微纏綿的情韻，發揮到極致。

「頂真法」是指上句最後一個字或詞，為下句的開頭。因此「風到這裡就是黏，黏住過客的思念」、「妳在身邊就是緣，緣分寫在三生石上面」、「離愁能有多痛，痛有多濃」，這三句都使用了頂真法，使得情緒的堆疊，一層一層推高。

四、類疊法

除此之外，也使用疊字與類句的技巧。

例如：「圈圈圓圓圈圈，天天年年天天」，重複使用相同字：圈圈、圓圓、天天、年年，這用法即稱為疊字。疊字生情，是古典詩詞中常見的手法。

五、聯想法

林秋離老師在課堂上分析〈江南〉時，很得意的說：「你們猜猜看，這首歌我最得意的句子是哪一句？」臺下聲音此起彼落，但大家都沒猜中，正確答案是：「圈圈圓圓圈圈」。

①氣候聯想法

江南給大家最深刻的印象是什麼？答案是：煙雨濛濛。

林秋離老師對地理與歷史很熟悉，他分享國中讀《古文觀止》時，不只是拿著古文讀古文，他還會把地圖、地理課本、歷史課本都攤在桌上，從地圖理解古文到底有哪些相關的要素。

其實，這就是戰國時期儒家代表人物孟子所謂的「知人論世」。

也就是，作品是思想的下游，時代背景、地理環境則是思想的中游，而上游是作者本人的性情。

回到「圓圓圈圈圓圓」，其實是江南多雨，雨滴湖上一圈圈向外擴的漣漪。

②地景聯想法

一〇一八年我與林秋離老師赴杭州同行時，他帶太太熊美玲、兒子雨果和我，前往湘湖。湘湖所在地，位於越王勾踐的王城遺址，是至今保留最好的古城牆遺址，唐朝詩人李白、賀知章、明代詩人楊時等文學家，皆曾為此歌詠為文。

當時，我們坐著遊園車經過跨湖橋畔，林老師指著與湖水相映的五孔拱形石橋、半圓弧形的橋墩與倒映水中的倒影，他說：「妳看，這就是圈圈圓圓圈圈！」林老師老頑童的臉，很得意的說這段話。

③遊戲聯想法

能玩出滋味的人，才能沾著有滋味的墨，寫出有味道的好作品，林秋離老師就是這樣的一位超級玩家。

有一次他在教室裡，分享〈江南〉這首詞時，一臉像小孩偷吃糖的調皮表情說：「你們再猜猜看，圈圈圓圓圈圈還有什麼可能？」「我跟你們說，我可是這個遊戲的高手喔！」答案是：「夜市套圈圈」。

聽聞答案，臺下的學生又差點從椅子上摔下來了。

他說：「這個套圈圈，就好像江南的女子，將溫柔圈住了來此地的過客，就像套圈圈一樣，隨緣的邂逅一段纏綿，所以你們看這和我們在夜市剛好看到某個目標物，然後舉手隨手一丟，嘿嘿！就套中帶回家了。」

我很幸運的跟在林秋離老師身旁，上了四年的課，他從不給標準答案、從不要求學生接受他的說法，但他總是信手拈來生活體驗，從中剖析創作思維，他教會我：**想寫出好作品，必須先好好生活，抬頭看世界，世界才看得見你。**

相信你也能從生活題材中，挖掘出更多寫作思維。

本章重點

- 以一應萬架構法：合分合法＋主題句＋關鍵詞。
- 五步驟，拆解金鐘獎百萬影片的寫作思維：相同情境，首尾呼應↓分點論述，總括重點↓借物轉場，跨越時空↓貼心讀者，重點回顧↓開頭破題，結尾扣題。

後記

在寫作教學路上，成為孩子的光

人生第一本書，要感謝的人很多，因為寫作與教學的緣故，我遇見了好多貴人，一路的幸運播種，而今開出了第一朵花。

人生最難忘的總是第一次。

溫習愛的存在，是我閱讀寫作永不斷電的推力。

母親翁華澧女士是我第一位文學啟蒙。睡前的床邊故事，我背的第一首唐詩是著名宰相張九齡的〈感遇十二首．其一〉：「蘭葉春葳蕤，桂華秋皎潔。欣欣此生意，自爾為佳節。誰知林棲者，聞風坐相悅。草木有本心，何求美人折！」她一邊讀給我聽，一邊形容畫面陪伴我記憶。

雖然那時幼兒園的我，懵懵懂懂的聽著眼前這位，說起文學便眼底有光的女子，時光遞嬗，母親眼中的光，似乎點亮了我的未來。不知不覺，我也成了教學時，眼中有光、聲中有情，像一位閱讀寫作推銷員，如數家珍的分享古今中外生命的故事。

而今我也成了兒子的大玩偶，但我沒有母親優雅的氣質，我演的是《阿奇幼幼園》的園長，比手畫腳的解釋，我最喜歡聽到他說：「阿綺！抱抱！」我便會瞬間被愛充電，滿血復活！我也希望學生們，在閱讀寫作的世界，找到「熱情！抱抱」讓自己充滿信心，自在的做生命中最熱愛的事。

寫作，是現實世界裡最溫柔的網，接住所有渴望被愛的生命。第一位影響我最深的作家是余光中老師，高中時我是他的迷妹，曾經整年週記寫的都是余光中作品的閱讀心得。後來，有緣到余老師家採訪，他對年輕學子的鼓勵，成為當時寂寞十七歲的我，種在心中的一顆寫作種子。

我最欽佩余光中老師，他說自己曾經以為詩是最美好、最偉大的創作，但當他到美國，卻發現影響世界的不是詩，而是搖滾樂。然而，他並非放棄詩轉而追搖滾樂，或畫地自限堅持詩才是最偉大的存在。他將西方搖滾樂的元素，轉化為新詩寫作的文學技巧，並在創作中增添了更多的音樂性。余老師影響我最深的，就是不斷推翻自己，容錯與試誤的研究精神。

創作，扎根於生活，以清淨心生成作品，以歸零突破自我。我在中文學界薰陶十三年，學術訓練給了我知識的鷹架，但金曲獎作詞人林秋離老師，卻讓我對創作從心長出了翅膀。

記得有一次他說：「有人問我，為什麼你三十年來都能一直寫出暢銷主打歌。我的答案是：『唯有忘記林秋離，才能超越林秋離。』」上課時，他問大家：「如果想寫一首離別的歌，你們會怎麼做？」我在臺下回答：「去車站看人！」林老師笑著說：「賓果！寫歌不是關在房裡一直聽歌，而是聽完曲子後，走入人群裡觀察人、聊天，好好生活就是最好的創作心法。」

林老師與我討論作文教學時，曾神來一筆的送我一段話：「承先啟後做做人，字裡行間作作文，先學做做人，再學作作文。」**做人與作文，其實是同一件事情**。

轉益多師，是我的人生路引。很幸運在學習路上，每階段都遇到了「明師」。國中楊碧玉老師，教會我愛與寬容；高中柯玫妃老師，教會我看見學生特點，因材施教；大學張清榮教授，教會我永保童心，並支持我創辦國立臺南大學松濤文藝獎，讓文學成為眾人參與的盛宴；碩班指導教授廖宏昌博士，領我進入清代文學批評的領域，在癌症末期抱病參加口試，愛護學生之情，令我永生難忘；詩話權威上海大學張寅彭教授，教會我解讀文學背後的現實意義；博班指導教授蘇珊玉博士，教會我詩歌鑑賞與文學批評的方法，並用深厚的涵養，示範大人世界裡恰如其分，進退得宜的表達力。

我有點傻，但很幸運，如果我懂得了什麼好方法，那都是因為生命中愛的巨人，願意讓我站在他們的肩膀上，以愛與人文的視角看世界。

故事，有時不是刻意寫出來，而是意料之外的遇見。

我得全國語文競賽第一名頒獎的當天，竟是廖宏昌老師的告別式，當天我缺席期待多年的頒獎典禮，選擇出席恩師的人生畢業典禮。得獎三天後，我與闊別二十年未見的父親，久別重逢。

但沒想到，在我人生接到第一本書的邀約之年，摯愛的父親郭安迪與敬愛的林秋離老師，同年相繼辭世，寫作的軸線上，有笑有淚。

最後感謝支持我作文教學的夥伴碧屏、芳君老師，邀請我出書的伯樂——大是文化，感謝辛苦的吳總編依瑋、顏副總編惠君，還有手把手給我許多寶貴意見的責編凱琪，一路上的貴人襄助，讓我能扎根於中國古典文學批評，深耕於作文教學，而今付梓出版，將我所承接的幸運，傳遞給更多人。

我常說：「好在我聰明得剛好夠用，又笨得恰到好處，才能懂得學生的難處，把困難變簡單，把簡單變好玩！」

我願帶著自己的熱情，還有師友溫暖的陽光，在閱讀寫作教學的路上，成為孩子的光，就讓昨日的太陽點名，成為明日的星光指路吧！

作文攻頂教練
官方網站

開卷有益，開筆開運，喵！

附錄

相關資訊

項目	網站連結
103年至107年國中會考作文佳作	
學科能力測驗國寫作文佳作	
繐綺老師指導 113年國中會考寫作滿級分樣卷	
繐綺老師指導 全國語文競賽得獎作品	
延伸書單	

Think 281

我人生的好運，都因寫作而發生

讓自己好運漲停板的划算投資。國考、學測、會考、求職、晉升都需要，全國冠軍教練的高質量寫作祕笈。

作　　者／郭縂綺
內文插畫／陳沛孺、楊婷羽
攝　　影／吳毅平
責任編輯／黃凱琪
校對編輯／宋方儀
副總編輯／顏惠君
總 編 輯／吳依瑋
發 行 人／徐仲秋
會計部｜主辦會計／許鳳雪、助理／李秀娟
版權部｜經理／郝麗珍、主任／劉宗德
行銷業務部｜業務經理／留婉茹、行銷經理／徐千晴、專員／馬絮盈、助理／連玉、林祐豐
行銷、業務與網路書店總監／林裕安
總經理／陳絜吾

國家圖書館出版品預行編目（CIP）資料

我人生的好運，都因寫作而發生：讓自己好運漲停板的划算投資。國考、學測、會考、求職、晉升都需要，全國冠軍教練的高質量寫作祕笈。／郭縂綺著. -- 初版. -- 臺北市：大是文化有限公司，2024.08
320 面；14.8×21 公分.--（Think；281）
ISBN 978-626-7448-53-3（平裝）

1. CST：漢語　2. CST：作文　3. CST：寫作法

802.7　　113005300

出 版 者／大是文化有限公司
臺北市 100 衡陽路 7 號 8 樓
編輯部電話：（02）23757911
購書相關諮詢請洽：（02）23757911 分機 122
24 小時讀者服務傳真：（02）23756999
讀者服務 E-mail：dscsms28@gmail.com
郵政劃撥帳號：19983366　戶名：大是文化有限公司

法律顧問／永然聯合法律事務所
香港發行／豐達出版發行有限公司 Rich Publishing & Distribution Ltd
地址：香港柴灣永泰道 70 號柴灣工業城第 2 期 1805 室
Unit 1805, Ph.2, Chai Wan Ind City, 70 Wing Tai Rd, Chai Wan, Hong Kong
電話：21726513　傳真：21724355
E-mail：cary@subseasy.com.hk

封面設計／ FE 設計　內頁排版／王信中
印　　刷／鴻霖印刷傳媒股份有限公司

出版日期／ 2024 年 8 月初版
定　　價／新臺幣 420 元（缺頁或裝訂錯誤的書，請寄回更換）
I S B N ／ 978-626-7448-53-3
電子書 ISBN ／ 9786267448489（PDF）
9786267448496（EPUB）